KB077294

옆을
돌아보다

2022 공주여자중학교 학생시집

옆을
돌아보다

2022년 11월 20일 제1판 제1쇄 발행

엮은이	최은숙
지은이	공주여자중학교 시 쓰기 동아리 〈교동일기〉
펴낸이	강봉구

펴낸곳	작은숲출판사
등록번호	제406-2013-000081호
주소	10880 경기도 파주시 신촌로 21-30 (신촌동)
전화	070-4067-8560
팩스	0505-499-8560
홈페이지	http://www.littleforestpublish.co.kr
이메일	littlef2010@daum.net

ⓒ최은숙

ISBN 979-11-6035-137-8

값은 뒤표지에 있습니다.

※ 이 책은 저작권법에 따라 보호받는 저작물이므로 무단 전재와 무단 복제를 금합니다.
※ 이 책의 전부 또는 일부를 이용하려면 반드시 저작권자와 '작은숲출판사'의 동의를 받아야 합니다.

2022 공주여자중학교 학생시집

옆을
돌아보다

최은숙 엮음
공주여자중학교 시 쓰기 동아리
〈교동일기〉 지음

차례

2부 스칸디아모스만 남는 것이다

3부 새콤달콤

4부 길 없는 길

옆을 돌아보는 마음

시를 어떻게 쓸까? 어떤 시어가 이 순간 적절하며 어떻게 비유해야 장면이 생생하게 살아날까? 뜻이 깊어지려면 이 문장을 넣어야 할까, 생략해야 할까, 어디에서 행과 연을 나누어야 시어가 뛰노는 마당이 훌쩍 넓어질까? 시를 쓰는 동안 그러한 창작 기법도 고민해야겠지만, 그보다 우리가 품어야 하는 보다 중요한 질문은 "무엇을 쓸까?" 즉, 나의 어떤 생각을 시에 담고 싶은가? 하는 것입니다. 국어 시간에 수없이 듣는 낱말 중의 하나인 '주제'가 바로 그것이죠.

"어떻게 끝을 내야 할지 모르겠어요."

여러분이 가장 많이 하는 말입니다. 왜 그럴까요? 이제 우리는 시에 담기는 일상의 소중함을 잘 알게 되었습니다. 우리 앞을 지나가는 하루와 하루. 순간과 순간들. 누구에게나 비슷하게 펼쳐지는 평범한 일상의 어느 한 장면을 남다르게 바라보는 눈이 있을 때, 그 장면이 시가 된다는 것을 배웠습니다. 남들과 다르게 바라본다는 것은 마음이 움직인다는 뜻이지요. 슬픔, 기쁨, 안타까움, 즐거움, 놀라움, 아픔, 사랑스러움. 어떤 느낌을 준 장면을 포착하고 그림을 그리듯, 언어로 옮기는 과정은 재미있었는데 마무리를 어떻게 해야 할지 당황이 됩니다. 이렇게 써도 저렇게 써도 시시한 것 같습니다. 무엇 때문일까요?

마음을 흔드는 글감은 있었지만, 왜 그 일이 나를 흔들었는지 내 안에 있는 어떤 생각이 그 장면에 반응한 것인지 분명하게 정돈하지 못한 채 써 내려갔기 때문입니다. 조금 어려운 말로 '주제 의식'이 없었던 거지요. 교복 치마가 지나치게 짧다고 친구가 선생님께 꾸중을 듣는 장면은 글감입니다. 그러나 치마의 길고 짧음은 시인에게 중요한 게 아니죠. 과감하게 치마를 줄여 입는 친구에겐 있고 자신에게는 없는 자신감, 당당함을 갖고 싶은 마음이 주제입니다. 자신의 마음이 무엇에 감응한 것인지 잘 알고 쓴 시입니다. 지구에 왔던 어린 왕자가 자기 별에 돌아가 다시 시작하는 정성스럽고 느린 하루가 글감이라면 주제는 우리가 사는 지구의 파괴성과 영혼 없는 가속도에 대한 비판입니다. 시를 통해 말하려는 분명한 무엇이 없으면 수다와 시가 구별되지 않습니다. 마음속에서 주제를 놓치지 않고 시를 쓰면 자유롭습니다. 이렇게 끝내도 저렇게 끝내도 괜찮습니다. 시인의 중심 생각이 겉으로 드러나지 않아도 눈이 맑은 독자는 알아차립니다.

가치 있는 주제를 품고 사는 일은 참 중요합니다. 아름다운 주제는 말과 표정과 행동에 조용한 힘을 주고 그가 하는 예술을 깊게 합니다. 혼자 잘 사는 세상은 재미도 없을 뿐 아니라 불가능하다는 판단, 그러므로 가능한 많은 사람이 함께 행복할 수 있도록 내가 가진 시간과 조그만 능력을 기꺼이 쓰겠다는 마음, 자연을 파괴하지 않기 위해 어떤 불편은 감수하겠다는 선택, 여성과 남성이 동등하게 자기 삶의 주체가 되어야 한다는 인식, 신분이나 조건 때문에 차별받지 않는 세상에 대한 추구, 혹은 "어쨌든 즐겁게 살자, 까짓것 쫄지 말자." 이런 생각이 모두 주제입니다. 아름다운 주제는 아름다운 사람들과 나를 이어줍니다. 그리고 자신도 모르는 사이 세상의 어느 한 사람, 또 한 사람을 물들입니다. 여러분에겐 어떤 주제가 있나요? 이 시집을 읽으면서 한번 들여다보았으면 좋겠습니다.

요즘 저는 무엇을 할 때 가장 즐거운가, 곰곰이 생각하곤 합니다. 어떤 것에 대해 자주 생각하며 무슨 일에 가장 시간을 많이 쓰는가, 어느 장소에 주로 가 있는가? 독서 모임 선생님들과 책 읽고 토론하는 일, 학생들과 창작동아리 활동을 하는 일, 이렇게 여러분의 시집을 내는 일. 그것들이었네요. 늘 여행을 꿈꾸지만 떠나는 일은 거의 없습니다. 산 밑에 조그만 흙집을 짓고 아궁이에 불 땔 때 감자탕 끓여 먹는 상상을 하며 곧바로 그렇게 될 것처럼 흥분하지만 어제도 오늘도 아파트에서 눈을 뜨고 아파트에서 잠이 듭니다. 현실적으로 가장 많이 하는 일은 시시때때로 책 읽는 일과 교실에서 학생들의 작품을 보는 일입니다. 그럴 땐 웃기도 하고 울기도 해요. 여러분이 저의 흙집에 와서 같이 불 때고 시도 쓰고 책도 읽으며 놀다 갈 수 있으면 더 좋을 텐데. ^^ 포기할 수 없는 꿈. 아마도 저의 주제에 대한 키워드는 함께, 글, 자연, 배움, 아궁이인 것 같습니다. 앞으로 살아가는 동안 이 말들이 제 삶 속에 잘 어우러질 수 있게 해보려고 합니다.

좋은 주제를 삶 속에 품는 일은 하루아침에 되지 않습니다. 좋은 책을 손에서 놓지 말되 혼자 읽지 말고 여건이 되는대로 친구들과 부모님, 선생님과 같이 읽고 토론하며 내면화해야 합니다. 좋은 책이란 어떤 책인가, 그것도 한 마디로 대답할 수 있는 질문은 아니죠. 가슴을 뭉클하게 하며 내 마음의 슬픔을 녹이고 상처를 치유해주는 책, 나는 인권을 가진 이 사회의 소중한 구성원이라는 깨달음을 주는 책, 다가오는 어려움을 성장의 디딤돌로 삼는 내면의 힘에 대해 생각하게 하는 책, 나에게만 향하는 눈을 들어 옆을 돌아보게 하는 책이면 좋겠습니다.

저는 '거룩한 일상'이란 말을 참 좋아합니다. 공주대학교 권정안 교수님이 쓰신 책에 나오는 말인데 일상을 거룩하게 하는 힘은 생명을 향한 사랑에서 나온다고 합니다. 결국 어떠한 주제도 사랑 안에 있습니다. 하루하루를 정성껏 사는 일, 꾸준하게 이끌어 가는 일, 섬세하게 살피는 일, 솔직하게 마주하는 일이 우리의 삶을 거룩하게 합니다. 그 안에서 수많은 이야기가 만들어집니다. 여러분의 하루도 정말 바쁘지요. 그러나 바쁜 중에도 먹고 쉬고 잠을 자야 살 수 있는 것처럼 내가 서 있는 공간과 그 안에서 살아가는 사람들을 돌아보는 시간이 있어야 숨이 쉬어집니다. 살아가는 이야기가 보이고 들립니다. 그 이야기를 시와 글, 음악과 그림에 담으면서 우리 행복하게 같이 살아가요.

2022년 시집은 많은 선생님께서 함께 만들어주셨습니다. 해마다 시집을 낼 수 있도록 지원해주시는 홍성기 교감 선생님과 안인찬 교장 선생님께 먼저 깊이 감사드립니다. 최윤희 사서 선생님께서 시의 차례를 잡아주셨고 사서 선생님과 김견호, 박지은, 조윤아, 최연수 국어 선생님들께서 시 쓰는 국어 시간을 열어 주시고 추천사도 써주셨습니다. 선생님들을 뵐 때 꼭 감사 인사드리기를 바랍니다.

시인 오철수 선생님께서 우리 시를 한 편 한 편 읽어주셨습니다. 선생님의 해설을 읽으면서 우리가 어떻게 시를 더 공부해야 하는지 알게 되었습니다. 자라나는 학생들을 깊은 사랑의 눈으로 격려하시는 선생님 덕택에 새로운 힘을 얻고, 다음 걸음을 생각하곤 합니다. 철학도이며 Book 디자인, 편집 등에 다재다능한 소현우님이 교정과 조판과 편집을 맡아주셨고 공주여중의 졸업생인 한단하 작가가 표지 그림과 삽화를 그려주셨습니다.

꾸준하게 학생 시집을 출간하며 응원해주시는 작은숲 출판사 강봉구 대표님께 특히 고마운 마음을 전합니다. 자긍심과 즐거움 속에서 시를 쓰고, 읽고, 시집을 사는 공주의 학생 시인들을 키워

내는 데 강 대표님의 숨은 힘이 얼마나 큰지 새삼 생각합니다.

2022년. 겨울로 가는 따스한 길 위에서 최은숙

한편

1부

난 니 아버지야

권평강 1학년

내 이름이 뭐야 난 권○○야!
난 누구야? 난 니 아버지야
술 마시고 오시면
똑같은 말을 반복하시는 아버지

그대는 휘파람 휘이이 불며 떠나가 버렸네
밖에서부터 들려오는 흥얼흥얼
나왔어, 알리는 듯하다
또 이름이 뭐냐, 자기는 누구냐고 묻겠지?

고기랑 국이 상에 있어야 하는 아버지가
술 드시고 오면 라면을 끓여 달라고 하신다
평소엔 안 하지만 술만 드시면 엄마한테 달라붙고
자는 우리를 깨워 노래 부른다

그대여 나의 장미여 그대여 나의 어린애
그대는 휘파람 휘이이

아악! 조용히 좀 해 지금 새벽이야

언니는 소리 지르고
노래와 자랑이 더 길어질까 봐
엄마랑 나는 자는 척한다

고기는 불판이 뜨거워지면 올리라고 하면서
아빠가 구우면 다 태워 먹고
모르는 거 있으면 물어보라 하시면서
수학 문제를 물어보면 답지를 찾는다
그런데도 모든 것을 다 안다고 하신다

음…, 아빠는 똑똑해 보이진 않지만
자유로워 보인다

이심전심

김혜원 3학년

엄마는 평생 모를 거다
아빠 카드로 엔시티 앨범을 더 사고
굿즈를 샀다는 것을

꿈에도 모를 거다
온라인 클래스를 듣는다고 하고
최애 직캠을 봤다는 것을
학원에서 그 누구보다
열심히 조는 것을

그러나 엄마는 알고 있을 거다
이 모든 것을

우리 엄마가 아빠 몰래
현빈 잡지를 산 것을
나도 알고 있지만
모르는 척하는 것처럼

맞아도 괜찮아

전하윤 3학년

우리 엄마는 미래를 보는 게
옷이 없어 찾아달라고 하면,
너 내가 찾으면 한 대 맞을 줄 알아
아 진짜 없다니까?
한 대 맞았다

이거 한입만 먹어봐
아, 됐어 엄마나 먹어
이거 한입 먹고 또 달라고 하면 한 대 맞는다?

한 대 맞았다
역시 엄마는 엄만가보다

따라쟁이

이소은 2학년

엄마랑 싸웠다
고작 집안일 그거 하나 때문에
이게 뭐가 힘든데!
엄마가 해, 그러면.
마음에 상처가 깊게 박혔다

왜 이럴까, 왜 이럴까
나는 항상 이런 식이다
엄마도 항상 이런다
각자 방에 들어가자
집안이 썰렁해졌다

방문이 열리고, 엄마였다
엄마가 나에게 사과를 하자
눈물이 흘렀다
엄마도 울었다
엄마, 내가 미안해
딸, 엄마가 미안해
우리는 따라쟁이인가 보다

11월 20일

이시민 3학년

쾅, 엄마 얼굴이 도깨비처럼 불그락푸르락 거린다
왜지?
청소기도 돌렸고,
방 청소도 끝냈고,
옷도 아무렇게나 놓지 않았다

무심코 컨 핸드폰에 떠 있는 날짜
11월 20일
고장 난 선풍기처럼 떨리는 손으로 긴급하게 무전을 한다
아빠…. 얼른 와
왜? 오늘 아빠 세미나하고 저녁 먹고 들어갈 거야

아빠, 정신 차려
오늘 결혼기념일이잖아

멋쩍게 웃으며 장미꽃다발을 꺼내 드는 아빠
땀방울이 콧잔등에 송골송골 맺혀 있다
엄마 얼굴이 장미색으로 물든다
자기가 제일 좋아하는 꽃으로 골랐어

척추부터 정수리까지 서늘해진다

엄마가 제일 좋아하는 꽃은

보라색 수국이다

쟁탈전

전유하 3학년

모든 집들이 저녁을 먹고 조용할
저녁 8시
우리 집에선 전쟁이 일어난다

전쟁의 서막을 알리는 시계 초점이 달려가고
드디어 8시를 마주했을 때
우리 가족은 모두 티브이 앞으로 달려간다

신사와 아가씨가 결혼하는 걸 봐야 하는 할머니,
야구 방망이를 쥐고 홈런 칠 준비를 하는 아빠,
놀라운 예능을 봐야 하는 엄마.
그리고… 아직 해보지도 않은 사랑의 아픔을 티브이로 느껴보
고 싶은 나

리모컨은 아무것도 모른단 눈빛으로 우릴 쳐다보고 있다
고래 싸움에 새우 등 터지기 일보 직전인 것도 모르고

그때,
"나, 짱구 보고 싶은뎅. 안돼?"

이럴 수가!

어린 왕의 등장이다

붕어빵

김지수 3학년

동생이 내민 그림

크고 매서운 눈매
원숭이 같은 M자 이마
시든 배춧잎 몇 장 얹은 머리
두목 같은 얼굴
각진 뿔테 안경
누가 봐도 아빠다

그림 보며 웃는 동생
펜을 집어 드는 아빠
뒤바뀐 화가와 모델
대충 덧그려진 칼 단발
대충 메꾼 M자 이마

점점 웃지 않는 동생
점점 크게 웃는 아빠

누가 봐도 동생이다

흰죽

박소정 1학년

목감기에 걸리고 배가 아픈 날
밥을 제대로 먹지 못하는 날
엄마가 만들어준 흰죽

엄마는 내가 먹을 만큼만 냄비에 쌀을 넣고
물을 조금 넣는다
참기름을 넣고 중간 불에 볶아준다
물을 적당히 넣고 밥알이 풀어질 때까지 저어주며 끓인다

한 입 후후 불어 먹어보니
죽집에서 파는 죽보다 더 맛있다
흰죽은 마치 스케이트를 타듯이
부드럽게 목구멍을 지나간다
나의 배는 점점 따뜻해진다
나는 점점 잠이 온다

엄마가 딸에게

설지안 2학년

해님이 바다를 바라보고
모래는 너의 발을 삼키며
푸른 조개를 주었지
바다처럼 빛나는 조개를 보고
해님처럼 웃으며
달려와 내 품에 안긴 너는
오늘도 환하게 웃게 해주네
너를 덮은 담요는 푸른 날개 같았고
넌 작은 파랑새 같아

넌 나에게 행복을 주고
눈물도 같이 가져다주었어
너의 작은 손은 복숭앗빛이 돌았고
만지면 부서질까 애지중지했단다

나에게 너는 어리디어린 새싹
한 발짝 나아가면 조금씩 커가는 나무가
두 발짝을 올라가면 탐스런 열매를 맺고
스스로 빛나는 아름드리를 꿈꾸네

엄마는
네가 힘들지 않았으면 하는 마음으로
오늘도 너를 바라본단다

동생, 어쩌면 오빠?

최서윤 3학년

내게는 두 살 어린 남동생이 있다
누나 놀리고 누나 따라 하고 누나 싫어하는
그런 남동생, 평범한 남동생 말이다

누나, 누나 부리면서 숙제 좀 도와달라고
애교를 부리면
물 좀 가져와라, 옷 좀 걸어놔라
잔심부름을 시키곤 했다

하지만 입장이 바뀌었다
이제는 매일 서웅님 서웅님 하며
평소에 절대 하지 않는 애교를 부려야 한다

마냥 어리던 동생이
운동신경은 타고났다

자존심을 내려놓은 끝에 따낸 코치님은
말끝마다 못하네, 저질 체력이네, 하며
10판 해도 한 판 이길까 말까 한 배드민턴

라켓을 들기만 하면 홈런을 치는 탁구
공 줍느라 허리가 더 아픈 저글링을
가르쳐 주었다

며칠 코칭을 받다 보니 이상했다
동생은 짜증 한 마디 내지 않고
내가 체육은 즐길 수 있게 도와주었다

어쩌면 꿈에 그리던 오빠가 생긴 걸지도 모르겠다

한편

권평강 1학년

외삼촌이 직장을 그만두고 버스 기사가 되셨다
원한 것인지 원치 않은 퇴직인지는 잘 모른다
이사한 집이 작고 술을 많이 드신다
뭔가 풀리지 않는 것 같다

엄마랑 온유랑 외삼촌 댁에 갔다
아빠가 술 드시고 엄마한테 뭐라 한 걸 말하면
외삼촌이 쫓아온다고 엄마는 말하지 말라고 하신다
외삼촌은 감자를 찌고 오이냉국을 해주셨다
온유랑 내가 사간 햄버거를
몇 년 만에 먹는 거라며 술안주로 드신다

현금 내면 버스 기사님이 싫어한다,
교통카드 꼭 챙겨 다녀라, 몇 번이고 일러주신다
그리고는 이내 버스를 타지 말라신다
아마도 우리를 마주칠까 봐서인가 보다

버스가 지나가면
버스 운전석을 뚫어지게 쳐다보는 엄마

너 흰색 차 맞지? 너 봤어
하얀 차만 보면
엄마인가 아닌가 계속 쳐다보는 외삼촌

엄마랑 외삼촌은 어떻게 살고 싶으셨을까?
꿈이 별거냐며 엄마는 이룬 게 더 많다고 하셨다
두 사람의 꿈을 나는 잘 모른다
외가에 가면 우리 편이 사는 것 같다
잘 안 풀려도 서로를 자꾸 바라보는
한편으로 살고 싶다

센 놈

이수빈 3학년

말에는 가시가 있고
엄마가 말만 하시면
"누나는 다 받아줬잖아…"
엄마의 한숨 소리
내가 저랬나

너 사춘기가 씨게 왔냐?

동생이 말했다
"난 이제부터 시작이야"

그래도 사랑하는 거 알지?

강현유 1학년

요즘 오빠가 너무 싫다
내 방에 들어오는 것도 싫고
돼지라고 놀리는 것도 싫고
내 간식을 먹는 것도 싫다

어제는 내 아이스크림을 먹었다
진짜 꼴 보기 싫었다
아빠가 그러셨다
동생 아이스크림을 뺏어 먹냐. 현유가 누나네
요즘은 내가 누나이다

난 많이 참는다
참는 건 너무 힘들다

그만하라고 시XX끼야
오빠는 충격을 받았다
라는, 상상만 해보았다
뒤에서는 하는데
앞에서는 못 하겠다

눈으로만 욕을 한다

다툼

유채정 1학년

오늘 친구들과 놀기로 한 날이다
아침 일찍 일어나 씻고 옷 입고 색조 화장을 했다
"엄마 나 2만5천 원만 줘!"
"싫어. 니가 나가 노는데 내가 돈을 왜 줘?"
"아, 지금 약속시간 다 됐다고!"
"니 알아서 놀아"
"아니 엄마가 어떻게 그래?"
"난 니 돈 줄라고 일하는 사람 아니야."
"아 쫌!"
"돈 줄 생각 없으니까 놀든 말든 알아서 해"

쌀쌀한 바람을 맞으며 걸어갔다
룸까페에 들어가 먹을 것도 먹고 보드게임도 하고 친구들과 사
진도 찍었다
"오늘 굉장히 재밌었어!"
"나도!"
"다음에 또 놀자!"

그런데 내 앞에서 오토바이 사고가 났다

정말 가슴이 떨리고 불안했다
운전자는 다치지 않았을까
사고를 낸 사람은 얼마나 놀랐을까
저 오토바이 운전자가 우리 부모님이었다면
난 지금쯤 뭐 하고 있을까?
머리가 하얘지고 손과 다리는 떨려왔다
엄마에게 전화를 했다
아까 정말 미안하다고 잘못했다고
엄마는 괜찮다고 하였다
오히려 미안하다고 사과하셨다
우리 엄마는 최고의 엄마인 것 같다

밀당

고예원 2학년

나갈 준비 끝
아 용돈을 다 썼네
어떡하지, 어떡하지
장화 신은 고양이 눈으로
최대한 불쌍한 척 엄마 눈치 보네
엄마, 용돈….
벌써 다 썼어?

마음속으로 백 번, 천 번 외치네
제발 제발

엄마는 줄까 말까
나는 줘라, 줘라
짧지만 긴 침묵 속에
엄마가 먼저 움직이네
아껴 써
웃음이 씰룩 튀어나오네
강아지 꼬리 흔들듯
신나게 어깨 춤추며

문이 부서질 듯 열고 가네

일찍 들어올게!

리모컨 어딨니

양서현 3학년

오늘도 엄마는 숨바꼭질하신다
3 2 1 땡…
찾는다!

책상 밑에 있나
이불 속에 있나
옷장 안에 있나

감쪽같이 숨었네
못 찾겠다 꾀꼬리
나오지 않는 너

결국 내게 쪼르르 달려오신다
"엄마 핸드폰 어딨어?"
"엥, 엄마 손에 있잖아."

오늘의 숨바꼭질이 끝났다
엄마의 찾기 실력은 서서히 시들어가지만
내 눈에는 숨바꼭질 고수

서현아, 근데 리모컨 어딨는지 알아?

했지만, 안했다

한나래 3학년

다녀오세요!
부모님의 외출
우리의 금기가 풀리는 시간

오빠는 분무기에 물을 장전하고
나는 밀대를 단단히 손에 움켜잡는다
오빠는 사격수
나는 창 쓰는 병사

오빠의 물세례에 미끄덩, 강제 세수
내가 뻗은 밀대 창과 몸통 박치기한 오빠는 방으로 후다닥
문 하나를 두고 대치 중
빠끔히 문이 열릴 때마다 창으로 빈틈을 노리지만
돌아오는 건 물총 세례

장벽 뒤에서 바람 빠지는듯한 높은 소리가 넘어온다
숨을 죽이고 창을 꼭 거머쥔다
침묵의 덫에 걸려든 오빠의 눈과 마주치고
아뿔싸 응, 아니야

2차 밀대 박치기 나가신다
이번에는 내가 장벽 뒤로 웃음소리를 던진다

마그마가 몸속을 질주하는 것만 같은 상황에도
현관 너머로 열어놓은 우리들의 귀는 최종 보스의 발소리를 포
착한다
얼굴을 수건으로 슥, 내 창은 밀대로 come back
오빠 바닥을 슥슥, 오빠 총은 분무기로 come back

다녀오셨어요? 방 한 번 닦으려고요
대걸레에 물을 적시며 물 흐르듯 말한다
오빠와 내 눈이 허공에서 하이파이브한다

깨닫게 되겠지

손예은 3학년

보름달 같은 얼굴, 긴 생머리, 통통한 몸매
내 모습이 마음에 들지 않는다

방 청소할 거라고! 엄마가 말 안 해도 할 거라고!
내가 애야? 어이없어. 나도 다 컸어

초록빛 후배들이 다 내 딸 같아 흐뭇하고
어른이 된 것만 같은 기분

이 혼란한 시간이 추억이 되는 날이 오면
겉모습보다는 내면을 가꾸며

잠깐 까먹고 있었다… 지금 할게요
엄마에게 나는, 우리는 모두 아기라는 것을 알게 되겠지

슬픈 이별

남윤지 1학년

친구와 놀고 집으로 갔다
구급차가 와 있었다
우리집은 아니겠지?
심장이 쿵쾅쿵쾅 뛰었다
엘리베이터를 타고 올라가보니
울고 있는 오빠
들것에 실려있는 엄마
눈물이 주르륵 났다
엄마가 걱정하지 말라 하시며 가셨다
몇 시간 뒤 엄마가 계시는 병원으로 갔다
아빠가 병원에서 나오시더니 울먹거리면서 말하셨다
엄마가 돌아가셨어
말을 듣는 순간 불안해지고 몸이 떨렸다
하루종일 밥도 먹지 못했고 잠도 자지 못했다
엄마가 꿈에라도 나와주셨으면 좋겠다
소중한 사람이 사라지는 느낌을 알았다
아빠도 떠나면 어떡하지?
생각하곤 한다

별의 시간

오태림 3학년

알지 못했다
왜 모두 검은 옷을 입는지
할아버지는 왜 사진 속에서 웃고 있는지

요양병원에 계신 할아버지
오랫동안 보지 못한 채
떠나보낸 아빠의 울음을 조금 알 것 같다

밤하늘처럼 검은 옷은
영원한 별의 시간이
더 밝게 빛나시도록 입는 것
사진 속 할아버지가 웃고 있는 것은
괜찮다, 고맙다는 위로라는 것을

죽는다는 것은
위로와 미소와 곁에 두고 가는 마음이
별이 되는 게 아닐까?

스칸디아모스만 남는 것이다

2부

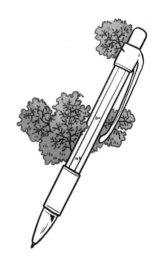

스칸디아모스만 남는 것이다

이시민 3학년

스칸디아모스는 스칸디나비아반도에서 자라나는 이끼다
습기를 흡수하고 유해 물질을 먹는 것으로 유명하다
매일 세상이 게워내는 먼지들을
작은 몸으로 집어삼킨다
스칸디아모스를 만졌을 때 파삭거리면
그곳은 이 식물이 살기 나쁜 환경이다

한 뼘의 이끼는
내 책상 위에도 자리 잡았다
어떤가, 하고 보면 아기 베갯잇 같다
한구석에서 나도 모르게
잘 자라고 있다

하루 또 하루
내 방 안의 모든 유해 물질을 먹으면
나와 스칸디아모스만 남는 것이다
색 빠진 초록이끼와 눈 맞추면 궁금해진다

이 식물은 나를 먹지 않을까?

어쩌면 이미 조금씩 사라지고 있는 나와
교과서 위로 떠도는 먼지투성이의 손,
시험지에 내리는 오답들,
해설지의 풀이처럼 살기 위해 내쉬는 이산화탄소,
나를 온전히 사랑하지 못하는 가물은 마음

내 방 안의 모든 유해 물질을 먹으면
스칸디아모스만 남는 것이다

나의 연둣빛 시절

정서윤 1학년

여름날 모래 놀이터
수두룩 빽빽한 나무들 사이
작은 구멍이 있는 나무
연둣빛 작은 그 나무를
나는 자갈나무라고 불렀다

작은 구멍 속에 예쁜 자갈을 넣어 두었다
모래로 밥도 지어주고
더울까 봐 부채질해주고

어느 날
모래 놀이터에 선
공사 중 표지판
쓰러진 자갈 나무의 톱질 자국

괜찮냐고 물어보고 싶지만
길을 막는 공사 중 표지판

나와 함께 나이를 먹었다면

짙은 초록의 빛
열매처럼 작은 새들을 다닥다닥 매달고
새나무라는 이름과 함께
놀이터에 남아있을지 몰라

나의 어린 시절과 함께 사라진
자갈나무

옆을 돌아보다

이소현 3학년

모두가 기다렸다는 걸 아는 듯
벚나무는 남김없이 꽃을 피워 냈다
나뭇잎 사이로 비치는
나비,
아니면 흩날리는 꽃잎?
봄이 온다는 건
옆을 돌아볼 이유가 생기는 것
나비와 꽃잎을 헷갈리는 것
햇살을 향해
내 얼굴도 피어나는 것

포토존

송다빈 3학년

4월이 되면
창밖으로 보이는 벚나무
후후 바람 불면
떨어지는 꽃잎
달려나가 나무 앞에서 V를 그리는 우리
우리 뒤에서
벚꽃 나무가
포즈 잡고 사진을 찍는다

봄

남하영 1학년

너는 다리가 길다
그 긴 다리로 나에게 성큼 달려올 때
나는 반가워서
흩날리는 벚꽃잎을 잡으려
손을 뻗는데

너는 다시 그 긴 다리로
저만치 가버린다고 생각했다
그런 줄 알았다

가끔 무서워 보이기도 하지만
평소엔 다정하고 부드러운 말투

쉽게 보긴 힘든
마스크 속에 감춰진 맑은 미소

무엇보다 내가 곤란할 때
네게 손을 뻗으면
늘 귀담아듣게 되는

나를 위한 섬세한 조언들

아, 너는 나에게 계속
웃으며 손을 흔들고 있었구나

빛나지 않는 시간

조성연 3학년

시계가 멈췄다
365일 쉬지 않고 손목 위에서 바쁘게 움직이던
나의 시계가 멈췄다

째깍째깍 울리던 숨소리가
더 들리지 않게 된 순간
이 고요함이 너무나 어색해
애꿎은 시계 끈만 만지작거렸다

가죽끈은 늘 고리를 걸던 부분만 닳아 있었다
여전히 새것처럼 매끈한 광택이 흐르는 사이로
거기만 낡은 시간이 닿은 듯했다

가끔은 무섭다
바쁜 세상 속 내 태엽만 멈춰버릴까 봐

때로는 숨이 막힌다
빛나는 세상 속
난 한 줌의 먼지밖에 되지 않을까 봐

개가 되고 싶다

유지원 1학년

학교 준비물을 사러 가는 길
나는 생각한다

준비물을 사고 간식을 사러 가는 길
나는 또 생각한다

간식을 사고 집에 돌아와
숙제를 꺼내며 또 생각한다

공부는 왜 존재하는 걸까?

숙제하며 생각한다
과연 이 작디작은 뇌에
이 많은 내용을 다 쑤셔 넣을 수 있을까?

먹고 놀고 싸고 자기만 하는
강아지 코코였다면
얼마나 좋을까
지나가는 똥개라도 되고 싶은 심정이다

작은 바다

노연정 1학년

집에 가는 길
버스 카드 띠딕 소리 들릴수록
사람은 많아지고 발 디딜 틈은 적어진다

고단함을 눈꺼풀에 실은 사람들
하루의 마음속 짐을 싣고 축 늘어진 어깨
버스가 덜컹거리자
물결에 휩쓸린 듯
해초처럼 흐물거리는 사람들

이곳은 세상에서 가장 작은 바다
작지만 가장 큰 바다
이루고 싶은 일
만나고 싶은 내일의 나
가득한 하루를 품은 버스

동물의 왕국

최정은 1학년

학교가 끝난 뒤 330번 버스를 타고
논과 딸기 하우스를 따라가면 우리 동네
멀리 보이는 우리집

만화책 보고 폰을 하면 벌써 10시 30분
침대에 누워 잘 준비를 한다
달그락달그락 뽀득뽀득 팅 팅 촤락
엄마가 설거지하는 소리
폰을 조금만 하고 자야지

투두둑 툭 탁
이놈의 만화책이 무너지는 소리
꼭끼오옥 꼭꼬오
아침도 아닌 저녁에 닭들이 울부짖는 소리
자꾸 잠 깨우면 백숙으로 만들어 버릴 거야
강아지들이 산에서 내려 온 고라니, 멧돼지라도 봤나?
월 월월 아아우우~
곰돌아, 번개야 잠 좀 자자

12시 43분?
나는 그대로 실성했다
오늘도 꿀잠 자기는 글렀네
탕!
아, 씨 깜짝이야
새벽부터 사냥인가?
월월~ 꼭끼오옥 월~ 아우우~
이제부터라도 자야지 하며
폰 하고 있는 내 모습이
잠 안자는 쟤네들과 똑같다

먼지

이채은 3학년

끝이 어딘지도 모르는
깊고 검은 어둠으로 번진
저 멀고 먼 우주에서 보면
우리는 작은 먼지일 뿐인데

먼지치곤
너무 힘들게 산다

산책

김시우 2학년

누나 왜 이렇게 늦게 왔어?
학교가 늦게 끝났어? 빨리 나가자
가만히 좀 있어 봐. 옷 좀 갈아입고

누나 이건 뭐야?
인사해 그건 꽃이라고 하는 거야
알록달록한 색이 정말 예쁘지?
그렇다고 먹으면 안 되는 거야

그럼 이건 뭐야?
그건 돌멩이라고 하는 거야
너를 따라오는 게 아니야
여기에도 있고 저기에도 있는 거야

히힛, 이건 뭐야?
너를 간지럽히고 도망가는 건 바람이야
너같이 장난스러운 바람을 만나면 기분이 좋아질 거야
바람을 맡아보자

이제 집에 갈 시간이야
봐! 해가 지고 있잖아?
천천히 눈을 감아봐.
엄마 품처럼 따뜻한 노을이 오잖아

목련

박예은 3학년

붉은 벽돌길 따라
엄마의 손 잡고 타박타박
같이 걷던 나무들

가지에 톡톡 붙여놓은 흰 꽃을 보고
엄마, 팝콘이 피었어요
그렇네, 팝콘이네!

목련 나무는 여기저기 팝콘을 튀겨놓고
내 손에 한 잎, 한 잎 떨어뜨려 준다

그늘진 꽃

김정현 2학년

피고 지고 피고 지고
꽃이 핀 것을 보았네
그늘진 꽃을 보았네
피고 지고 피고 지고
꽃을 보았네
진 꽃을 보았네

일편단심

이혜경 1학년

추운 감이 있는 둔치공원에
나, 남동생, 아빠, 그리고 나의
5개월 된 강아지 로로가 있다

로로는 경험이 없다
몸을 잘게 떨며
낑낑거리더니,
어느새 회색 하네스를 차고도
괜찮아 보인다

이게 웬일인가?
쉬이- 초록빛이 도는 잔디밭에
소변을 보는 로로
괜히 내가 대견하다

킥보드를 타며
아빠에게 로로를
맡겨 놓았는데,
글쎄 로로가 계속 쫓아오는 것이다

헥헥대며 뛰어오는 로로
로로야, 힘들겠다 천천히 와

아빠가 보였다.
아, 아빠도 힘들겠다ㅋㅋㅋ

그렇게 억지 운동을 한참 동안
한 뒤 우린 의자에 앉아
따뜻한 햇살을 받으며
로로도 옷을 벗고,
나도 패딩을 벗었다

창문 밖 소리

이은유 1학년

숙제를 다 한 줄 알았는데
가운데 한 장을 빼놓고 했다
영어학원에서 단어를 많이 틀려서
나머지 공부를 했다
숙제도 내가 안 했고
나머지도 내가 틀려서 했는데
누명을 쓴 기분이었다

쉬는 날 침대에 가만히 누워 있었다
바람 소리
차가 달려가는 소리
새들의 소리
안 좋은 기억들이 다 사라졌다
창문 밖 소리는
마치 우리 집 강아지 같다
별거 아닌 듯
큰 위로가 되어준다

겨울

김다민 1학년

몸이 꽁꽁 얼 것만 같은 정류장

삑.
버스카드를 찍으며 버스에 올라탔다
몇 개 없는 자리
혹시라도 뺏길까 얼른 가서 앉았다

그 많은 사람을 헤치고 할머니 한 분
내 앞에 서서 손잡이를 잡으셨다

할머니, 여기 앉으세요
아녀, 괜찮어 앉아있어
아니에요 앉으세요
어유 고마워요

할머니께선 활짝 웃으셨다
그리곤 버스 이곳저곳에서
일어나는 자리 양보

따뜻한 사람들
따뜻한 내 마음
따뜻한 겨울

동문시장

오다빈 1학년

오색빛깔 제주도의 동문시장
시장 입구에 들어서면
온통 주황색
시식하세요, 시식해보세요!
한 아줌마의 목소리
어 시식? 나는 뛰어간다
귤을 먹기도 전에 웃음이 나온다
맛있다! 아빠, 이거 할머니, 할아버지 댁에 보내드려

수산물 시장
멀리서부터 해산물 냄새가 코를 찌른다
우와, 은갈치 때깔 봐
은갈치 눈이 반짝반짝 빛난다
빛나는 은갈치보다
손질하고 있는 아줌마의 손이
눈에 더 들어왔다

오래된 라면처럼 불어있는 손
짧은 손톱 뭉툭한 손가락

그곳에서 뛰어나오는
명쾌한 도마소리
딱. 딱. 딱. 딱. 쓱
빛나는 제주도의 시장

작은 말썽꾸러기

이시현 1학년

새로운 가족이 생겼다
작고 고소한 냄새가 풍기는
새끼 말티즈
강아지가 지나간 바닥마다 작은 발자국이 생긴다

귀엽긴 하지만, 이대론 안 된다
싱크대로 데려간다
물을 채워 강아지의 발부터 담근다
투명했던 물이 점점 꾸정물이 된다
드라이룸으로 말려주니
새하얀 털과
검고 똘망똘망한 큰 눈이 드러난다

지금은 그 하얗고 인형 같던 강아지가
말썽꾸러기가 되었다
간식 팩을 물어뜯거나,
아무도 없는 집에서 자신의 힘을 드러낸다
하지만 괜찮다

그런 게 강아지 아닐까

이상한 가방과 요거트

정유빈 2학년

가방 속이 답답했나
사흘 전 마트에서 데리고 온 딸기 요거트가 터져버렸네
내 이상한 가방은 요거트를 허겁지겁 먹기 시작하네

노트들도 먹어버리면 어쩌나
필통도 구하려는데 이미 알고 있었다는 듯이 책상 위로 대피했네

질퍽질퍽 가방 속에 요거트 늪이 생겼네
딸기 알맹이들은 축제를 벌이네
퀴퀴한 냄새가 나도, 가방이 축축해져도
놀기 바빠서 축제는 끝이 없네

시끄러운 가방 속 딸기 알맹이들
물티슈 버스를 타고 하나, 둘 떠나고
내 가방은 다음 손님을 기다리네
빵빵한 우유, 끈적끈적한 사탕을

그놈 털

박예림 2학년

귀여운 고양이 두 마리를 모시고 난 후
털 없는 일상과 작별했다

아침에 눈 뜨자마자 만나는 건
비행하듯 날아다니는 털
옷장 안 반듯이 개어있는 옷
그 위에 포장하듯 덮여있는 털

따뜻한 집밥
한 숟갈 떠올린 밥
그 위에 반찬처럼 올라간 털

숨을 쉴 때마다
콧구멍은 간질간질 목은 칼칼
아빠의 천둥 같은 재채기 소리에
털들도 놀란 듯 가라앉는다

온 집안을 모험하듯 휘젓고 다니는 털 덕분에
하루도 멀쩡한 날이 없다

이렇게 고생하는 것도 무뎌져
털은 내 일상에 숨 쉬듯 스며들었다

새콤달콤 3부

중학교 첫날

심민서 1학년

교복을 입고 가방을 싼다
치마는 바람에 펄럭이고
조끼는 내 몸을 감싼다
교복은 갑옷 같다

가방 속 들어있는 물건들이
화살같이 많다
학교에 가기 전
나는
전쟁에 나갈 장군처럼
준비가 되어 있다

적응

정은서 1학년

친구들이 무서우면 어떻게 하지?
공부가 어려우면 어떻게 하지?
친한 친구가 안 생기면 어떻게 하지?
온갖 걱정이란 걱정은 다 하며
미로 같은 복도를 지나 반에 도착했다

다행히 친구들은 착해 보였다
바닷가의 꽃게처럼 주춤주춤 걸어가
비어있는 맨 앞자리에 앉았다

앞문과 뒷문, 칠판, 빔프로젝터
심지어 쓰레기통까지 나를 신기하게 쳐다봤다

오! 개이득

고하영 1학년

나른한 목요일 선생님이 종례하시는데
금요일인 내일 재량 휴업일이라고 학교에 안온다고 했다

나는 금요일이 싫다
금요일은 깨지지 않는
방탄유리 같다
수학 때문이다
수학은 산이다
죽어라 올랐는데 또 내리막이 있다

후! 이 정도면 돌도 깰 수 있는
돌대가리인 듯하다
그래 내가 말을 말자
내일은 방탄유리가
깨지는 날
아싸 개이득
꿀잠 확정

우당탕탕 증사 찍기 대작전

윤예담 1학년

후다닥 머리를 10분 만에 감고 드라이기로 휭휭 말렸다
교복을 입었다
너무 급하게 입어서 셔츠가 찢어질 뻔했다
니트도 입고 치마도 입었다

다음으로 화장을 했다
학생증에 담길 증명사진은
3년 동안 써야 하기 때문에
피부를 뽀얗게 했다
너무 과하게 해서 뽀얀 백숙 같았다

재빨리 세수를 다시 하고 적당히 발랐다
뷰러로 속눈썹을 올리려 하는데 찝어 버렸다
울고 싶었지만, 꾹 참았다
조심히 속눈썹을 올리고 마지막으로 틴트를 발랐다
입술에 톡톡톡 발라주고
손가락으로 자연스럽게 문질러줬다

사진관에는 무대 뒤 대기실의 배우들처럼

모두 거울을 바라보며 머리를 만지고 있었다
드디어 내 이름이 불렸다
긴장하며 입술을 다시 바르고, 뷰러도 좀 더 했다
결과는 굉장히 별로였다
보정과 수정을 이쁘게 해주셔서 다행이었다

엄마 아빠 핸드폰 케이스에 박힌
나인 듯 아닌 듯한
나의 중딩 첫 증명사진

나무늘보

이시은 1학년

나무늘보
동물원 한쪽에 있는 나무늘보를 봤다
그 나무늘보는 듣던대로 느렸다
느려도 너무 느렸다

처음엔 나무늘보가 느려서 신기하기만 했다
근데 갈수록 나무늘보에게 물어보고 싶다

나무늘보야 너는 느려서 답답하니?
나무늘보야 너는 우리가 빠르게 보이니?
나무늘보야 너는 빠르게 사는 우리가 힘들어 보이니?

5교시

오태연 2학년

졸음은 쉽고
집중은 어렵다

배부른 오후
내 눈앞 글씨들이
제자리를 못 찾고
멀리 갔다 흐려졌다 겹쳤다 한다

아무리 참으려고 노력해도
졸음은 하품과 짝이 되어 집중공격한다

시원한 물을 마시면
입안은 깜짝 놀라
섣불리 기지개 켜는데
머리는 아직도
칠판멍한다

선생님의 레드썬
태연이 일어나라

한마디에
졸음과 하품은
세정에게 옮겨간다

졸음과 싸우는 세정이
머리가 무거운지
오뚝이처럼 고개를 까딱인다
다음은 누구에게 옮겨갈까?

신입생

이솔해 1학년

우리는
운동장에서부터 버스정류장까지
발을 맞춰가며 걸어간다
도란도란 이야기를 나누며 웃음을 터뜨린다

100번 버스는 처음엔 잠잠하다
키득키득하는 우리를 시샘하듯
빨간색
노란색
초록색
신호등 불빛에 맞춰
덜컹덜컹 몸을 흔든다

버스 안에서 우리는
앞쪽 뒤쪽으로 왔다, 갔다
미역처럼 춤을 추기 시작한다
다리에 힘이 풀려
넘어지려 할 때면
서로를 붙잡고서는

깔깔깔

우리가 내릴 정류장
버스는 아직도 샘이 나는지
콧김을 뿜어내며 멈춘다

처음 타는 버스
100번 버스

그 자신감이 부럽다

오수현 1학년

입학식 다음 날 등교를 하는데
교문에 서 계시던 선생님이 무섭게 소리치셨다
야! 야! 너 이리 와봐

선생님이 날 부르신 줄 알고 뒤를 돌아보았는데
다행히도 내 옆에 있던 다른 반 친구를 부르신 거였다

조용히 등교하면서 한쪽 귀를 쫑긋 세워
그 친구를 왜 부르신 건지 들어보았다
치마가 너무 짧아서였다
진짜 내가 봐도 그랬다

나는 줄이는 것 보다 늘리고 싶다
그 자신감이 부럽다
줄이는 게 좋은 건 아니지만
줄일 수 있는 자신감이 정말 부럽다

우아한 오리, 발

오윤서 2학년

왔다
오늘이 왔다
아픈 사람처럼
온몸이 떨린다

터벅터벅 들려오는
선생님의 발소리
째각째각 들려오는 시계 소리
공포영화를 보는 것처럼
어두운 골목에
홀로 서 있는 것처럼
긴장감이 몰려온다

드디어 걷는 답안지
심장은 쿵쾅쿵쾅
시험지를 펼치자
내 눈에 들어오는 예쁜 정답들
긴장감이 풀리고
입가에 웃음이 절로 난다

두근두근 나의 중학교 첫 등굣길

유은지 1학년

중학교 입학 전날 밤부터
콩닥콩닥거리는 내 가슴
알람이 울리기도 전에
벌떡 일어나 준비한다

처음 입어보는 블라우스
처음 입어보는 조끼
처음 입어보는 치마
껑기는 듯 불편했지만
교복을 입으니
왜인지 모르게 활짝 웃음이 났다

버스를 타러 정류장으로 나오니
와, 입이 떡 벌어졌다
매일 보는 이 풍경
익숙했는데 다른 이 풍경
이 시간에 처음 들어보는 새소리

부릉, 벌써 버스가 왔다

처음 찍어보는 버스 카드
삑, 청소년입니다
맑고 청량한 지하수 같았고
톡톡 튀는 탄산수 같았다

창가 자리에 앉아 보니
북적북적거리던 거리에는
사람도 별로 없었고
열려있던 가게는 닫혀있다

나팔꽃보다 내가 더 부지런한 날

어부지리

김은수 1학년

학교가 끝난 후 친구와 버스정류장으로 치타같이 달려간다
역시 버스 안에는 사람이 꽉 차 있었다
버스 아저씨가 내 뒤에 있던 할머니에게 소리쳤다
할머니! 못 타요, 못 타 다음 버스 타세요
아이구 다음 건 늦어 이거 타야 해!
버스 아저씨와 할머니의 싸움은 끝날 줄 모르고
사람들이 웅성거리기 시작했다
학원에 늦었는데
초조해서 바라본 내 친구의 얼굴엔 꽃이 피어 있었다
예상했듯 학원에서 수업을 조금 해서이다
편의점에 들렀다 가자고 한다
학원쌤한테 혼날 거 같아 싫다고 했다
버스 아저씨와 할머니가 싸워 늦었다고 말하면 되지!
오~ 괜찮은 방법인데?
내 친구는 이럴 때만 머리가 좋다

학교 가는 길

윤지우 1학년

학교 가는 길
담벼락에 고양이 한 마리가 앉아있다
노란색에 갈색이 조금 섞인
마치 시든 개나리 같은 줄무늬 고양이
둥글둥글 식빵 굽듯 앉아서 졸고 있다

귀여운 고양이를 보려고 일찍 일어난다
피곤이 파도치듯 사라진다

너무나도 피곤한 중학교 등굣길
고양이처럼 담벼락에 기대어 편히 쉬고 싶다

천천히 걷는, 월요일

김예빈 1학년 3반

나른한 주말이 가고 시간이 멈췄다가 풀린 듯
시곗바늘 같은 사람들은 똑딱거리며 달려가고
자동차들도 도로를 밀고 달려간다
나는 그래도 천천히 가야지
복슬복슬 파마가 잘된 느티나무
잠이 덜 깬 듯 담장 위에 늘어진 개나리꽃
"좋은 아침!"
바닥 틈새에서 빼꼼히 나와 인사하는 민들레
제민천 물에 담긴 하늘과
햇볕에 잘 마른 빨래처럼 깨끗한 아침
나는 그래서 천천히 가야지

소심쟁이가 친구 사귀는 법

이소윤 1학년

친해지고 싶은 애가 있을 때
방법이 있다
혼자 있을 때를 노린다
자리에 앉아있을 때 조심스레 다가가 눈웃음을 하며
"안녕"을 하고
별 재미도 없는 숙제, 공부 얘기를 하며 애를 쓰면
자연스럽게 줄도 같이 서게 된다

무조건 전화번호를 따야 한다
왜냐면 전화번호를 가져간다는 것은
내가 네 친구가 되겠다는 말이기 때문이다
번호만 있으면 안 되고 연락을 꾸준히 해야한다

하지만 쌩판 모르는 애들이
자기 번호는 안 주면서
내 번호만 달라고 할 땐
주지 않는 것이 좋다

카톡 프로필, SNS를 훔쳐보려고 가져가는 게 대부분이다

그런 애들은 자기 번호를 주지 않는다
Never!

내 친구는 자기 번호 가져갔다고 기분 좋댄다
친구야 그거 아니야…
이건 다 내 경험담이다

못난이 어묵

강민서 1학년

엄마의 심부름으로 간 마트
어묵 코너에서 눈에 띈 이름
못난이 어묵

아무거나 사 오라는 엄마의 말에
신기해서 사간 못난이 어묵
포장지를 뜯어보니
진짜로 쭈글쭈글하고 못생겼다
하지만 먹어보니 다른 것들보다
더 맛있다

못나서
내 눈에 띄어서
내가 먹어볼 수 있어서
고맙다

내가 매일 못생겼다고 놀리지만
고마운 친구들처럼

친구

임지연 3학년

중학교 1학년, 6월
태어나 처음 보는 사람들과 한 반에서 수업을 듣는다
쉬는 시간 혼자 시간을 보낸다
집에 돌아와 혼자 방에 앉아 기도한다
한 명이라도 좋으니 제발 친구를 만들게 해주세요
내 기도를 들었는지 친구가 생겼다

중학교 2학년, 3월
개학하고 또 모르는 애들과 한 반에서 수업을 듣는다
학교 오기 전, 또 기도하였다
아는 얼굴이라도 있게 해주세요
내 기도를 들었는지 중학교 첫 친구와 같은 반이 됐다

중학교 3학년, 3월
이제는 친한 친구들은 아니지만, 아는 친구들과 수업을 듣는다
그래도 또 기도하였다
친한 친구들과 같은 반이 되게 해주세요
내 기도를 들었는지 또 첫 번째 친구와 같은 반이 됐다

새 학년으로 올라갈 때마다 걱정은 쌓였지만
그때마다 친구가 내게 이렇게 속삭인 것 같다
너무 걱정하지 마. 내가 곁에 있어

이럴 때만 짧은 신호등

오화음 2학년

초등학교 다닐 때 친했던 친구가
신호등 앞, 내 옆에 섰다

연락 안 한 지 2년
졸업식이 엊그제 같은데
인사할까 말까 갈팡질팡

지금 내 마음은
노랑 신호등

마음을 먹고 인사하려는데
쌩…
다가가면 휙 도망가는 길고양이 마냥
가버린 너

신호가 조금만 더 길었더라면
갈팡질팡 고민을 덜 했더라면
다시 예전처럼 지낼 수 있지 않았을까?
지금 내 마음은 빨강 신호등

옆자리

남하영 1학년

며칠 전에 바꾼 자리
창가 옆, 다섯째 줄

지루한 수업 시간
액자 속 그림 같은
창밖 초록빛 나뭇잎들의 춤사위를 바라보며
나는 생각한다

내가 원하던
벽에 기댈 수 있는 자리가 되어서
기분이 좋네

사이다처럼 청량한 여름 바람을
가장 먼저 맞아주고

하늘이 내게
빗소리로 속삭여주는
완벽한 자리!

그렇지만 내가 가장 원하는 자리는
수업 시간에 내게 몰래 쪽지를 건네고
내 책상에 낙서도 하지만
가끔 모르는 수학 문제도 친절하게 알려주는
그런 너와 내 책상이 맞닿아있는
네 옆자리

별과 인공위성

최윤하 1학년

밤하늘을 올려다볼 때
무드등 같이 불 켜진 별들을 보면
와, 예쁘다 하면서도
저거 다 인공위성이라던데, 하는 생각

그러다 또 갑자기
인공위성이 멋질까, 별이 멋질까?

수많은 노력으로 우주에서 빛나는 인공위성과
처음부터 빛나던 별
뭐가 더 멋진지는 모르겠지만
둘 다 높고 먼 곳에서 반짝이고 있다

넌 인공위성일까, 별일까?
나는?

공부하면서, 꾸중 들으면서, 자잘한 심부름을 하면서
낮은 여기에서 평범한 이곳에서
반짝이는 우리는?

그 애, 정은서

김예빈 1학년 4반

반에 들어와서 자리에 앉았다
나만 빼고 다 아는 사이 같아 보인다
말도 못 걸고 우물쭈물하다
이름이랑 전화번호를 물어보기로 했다
안녕, 혹시 이름이 뭐야?
긴장해서 말하느라 살짝 목소리가 떨렸다
그 애도 웃으면서
난 정은서

학교가 끝나고 카페에 갔다
이것저것 담으니 4천 원 언저리,
생각보다 싸네?
친구는 젤리만 사 먹는다
젤리를 엄청 좋아하나보다
친구가 학원 갈 시간이 되어서 데려다주기로 했다
걸어가는 시간이 왜 이리 짧은지
10분이 1분 같다
영어학원에 도착했다
은서가 들어가고

나는 왔던 길을 걸어 집으로 간다
함께 걷는 것처럼 웃음이 난다

새콤달콤

김윤아 1학년

중학교에 입학하고 며칠 뒤에
친해지고 싶은 친구가 생겼다
이름을 기억하고 학교가 끝난 뒤
집에 가서 연락을 했다
떨려서 점프를 엄청나게 뛰었다
그 친구가 거절하면 어떡하지?
다니던 초등학교에서 같이 온
친구가 한 명도 없었다
그래서 친구 만들기가 더욱 어려웠던 거 같다
마음이 콩닥콩닥
답이 오기를 기다렸다
카톡!
몇 시간이 지났을까
드디어 연락이 왔다
너랑 친해지고 싶다, 새콤달콤 좋아하냐
이것저것 물어봤다
친구 주려고 편의점에서 2+1 하는 새콤달콤을 샀다
opp로 포장했다
내일 보면 인사해야겠다

그 친구는 엄청 좋은 거 같다

오해

오연서 1학년

일진이라고 소문난
애들과 친해졌다는 이야기를 들었다
그냥 소문일 수도 있겠지만
그래도 친구가 조금 걱정이 됐다

아, 신경 쓰여
제대로 수업에 집중하지 못했다
아침, 점심, 저녁
마음이 고구마 먹은 듯 답답했다
화병이 날 것 같았다
결국 핸드폰을 들어 연락했다

너 친해졌다는 애들 일진이라던데
쏘아붙이는 내 말에
친구는 대답했다
내가 얘기해봤는데
말도 예쁘게 하고 착한 친구들이었어

내가 오해했구나

조금은 미안하기도 했다
미안하다는 말은
아직도 마음속에 품어두고 있다

공기놀이

남윤서 3학년

예은이 수빈이 세희 나래 지영이
점심시간에 친구들과 교실 앞에 모여앉는다
5개의 공기로 공기놀이를 한다
1찌, 2찌, 3찌, 4찌, 고추장, 잡기
잡은 개수만큼 나이를 먹는 잡기
손등에 공깃돌을 올려
올려진 공깃돌을 잡는다
잡은 개수만큼 나이 먹기
아직 태어나지도 못한 세희
고추장 찍고 아리랑 잡기까지 성공
나이 두 배 먹는 예은이
아리랑을 못해 질투심 폭발하는 수빈이
공깃돌로 운명이 정해진다
점심시간이 눈 깜짝할 새 지나간다
공기놀이 하나로 웃는 교실
잇몸 만개하는 점심시간

길 없는 길

4부

중3병

최민희 3학년

수업 시간에 창문 밖으로 뛰어내리는 상상을 한다
하지만 상상은 상상으로 충분하다
1, 2층이면 시도해보겠지만 우리 반은 3층이다
상상을 실현하고 결과를 받아들일 배짱은 없다
잘못되어 바닥과 얼굴로 하이파이브를 하고 싶지 않다

하지만 언젠가 해보고 싶다
결과는 아무도 모르는 거니까
궁금하다
뭐 모르지, 하늘을 날 수도?
잘못 떨어져서 즉사할 수도?
아니면 너무 멀쩡할 수도?
나는 그래서 오늘도 창문 밖으로 뛰어내리는 상상을 한다
이 시를 보고 어떤 선생님은 금쪽이에 나가야 할 것 같다고 하셨다
나는 뭐지?

보이네, 보여

정신영 2학년

거울 속에 보이는 나
어깨에 돌덩이를 올려놓은 것처럼
무거워 보이네
저 하늘을 나는 새처럼 가볍고 싶어

음표 하나하나에 몸을 맡기고
한 동작 한 동작을 정확하고 가볍게
무릎을 이리 움직일까
손목을 이리 써볼까, 골반을 이리 틀어볼까
손가락 한 마디 마디에 힘줘볼까

온몸이 뻐근해도, 손목과 발목이 삐어도
땀에 젖어 동작을 이어가는 모습이 거울 속에 보이네
비 맞은 강아지처럼 축 처져있는 그때가 보이네
그 비를 털고 꼬리를 흔드는 강아지처럼
눈을 반짝이는 지금이 보이네

보이네, 보여
내가 보여

끝까지 달려나가면 될 수 있어
댄스, 꿈을 이룰 수 있어

배시시

이소윤 2학년

산 뒤에 빼꼼 숨어 있는 해
창문 밖으로 보이는 고양이들
앞집 담장 위를 살금살금 걸어 다닌다
그걸 보는 나는 귀여워 웃는다

비행기 뒤꽁무니를 따라간 꼬리구름
마음이 편해져 웃는다

친구와 틀어진 나
내가 먼저 다가가 같이 밥 먹을래 물어본다
그리고 우리는 배시시 웃는다

소심한 나

오유나 1학년

오늘은 증명사진을 찍는 날이다
친구들은 예쁘게 하고 찍는 것 같은데
나만 이상하게 나올 것 같다

내 차례가 다가왔다
사진사님이 말씀하셨다
고개를 이쪽으로.

고개를 돌려
사진사님이 원하시는 각도에 맞췄다
카메라 불빛이 번쩍! 하고 내 얼굴을 찍어갔다
아, 잘 나왔으면 좋겠다
그 카메라는 날 어떻게 찍어갔을까

궁금했지만
아무 말 없이, 마스크를 쓰고
다시 반으로 갔다

만두

김민지 2학년

오늘도 놀림을 받네
만두라는 소리를 들을 때마다
나는 너무 화가 나고 속상하네

눈에서 수도꼭지처럼 눈물이 나오려고 하지만
친구가 놀림을 받았을 때 쿨하게 넘기는 모습을 보며
용기를 얻고 눈물을 참으며 다시 일어나보네

'내 이름은 소중한 이름이고, 누가 뭐라고 할 자격 없어!'

용기를 얻으니 친구들이 놀릴 때
타격이 없으니까 너무 행복하네

지금의 나는 이름에 만족하고 과거의 상황을
웃어넘기면서 살아가네

장마

정서윤 1학년

꽉 끼는 버스 안에 우산을 들고 있는 사람들
비 올 확률 50%, 그러나 기상청은 잘 맞지 않는다
빈틈이 보이지 않는 우리 반 우산꽂이
시끌벅적 친구들이 떠드는 소리
그 애를 만나는 오늘
청소 시간은 지루하지 않다

비 올 확률 80%, 텅 빈 놀이터
텅 빈 언덕
아무래도 우산을 사야 할까?
그러나 1주일 동안 기다렸던 빵을 포기할 수 없다
그 애에게 주고 싶은 콘치즈 고로케
역시 치즈는 쭉 늘어나고 콘치즈는 달달하다
빵을 선택하길 정말 잘했다.

창문에 톡톡 비 들이치는 소리
친구들은 종례가 끝남과 동시에 밖으로 뛰쳐나갔다
경사진 도로에 흐르는 빗물과 우산들
그 애의 우산도 걸어간다

수줍어 전해주지 못해 치즈가 다 굳어버린 콘치즈 고로케
때마침 울리는 호우주의보와 500mm의 강수량
그렇게 나의 장마는 시작되었다

내가 아는 나

김나경 3학년

나는 모른다
내가 무슨 책을 좋아하는지
어떤 드라마를 좋아하는지
내가 진짜 좋아하는 음식
싫어하는 음식이 뭔지
엄마, 아빠 일로 가야 하는
이집트가 좋은지 아쉬운지

하지만 나는 안다
내가 화장실에서 노래를 부를 때의 하울링을 즐긴 것을
내가 방 거울 앞에서 몰래
춤을 출 때 미친년이 된다는 것을

모자를 벗지 않아도 된다

조윤서 1학년

졸업식 날 친구들과 선생님의
축하 영상을 봤다
내 사진이 나올 땐 이상해서
눈을 감아버렸다

5학년 때 선생님이 나오셨다
순간 코끝이 찡해졌다
머리가 이상하게 잘려
모자를 쓰고 온 날
속상해하는 나에게
모자를 벗지 않아도 된다
말씀하셨던 선생님
얼마나 용기가 생겼는지
모자를 벗게 되었다

6학년 모두에게 축하한다는 말이셨지만
내게만 하신 말씀처럼 나는 너무 기뻤다

내 잘못이 아니다

이시온 1학년

내 주변 언니, 친구들은 말랐다
나는 아니다. 젠장 살쪘다
이번엔 꼭 다이어트 하겠다고 다짐한다

세상 모든 음식이 나를 유혹한다
떡볶이가 유후~ 거기 이쁜이 나 좀 먹어볼래?
옆에 있던 순대가 떡볶이 국물엔 내가 짱이지 찍어 먹어봐
조용히 있던 순대가 무슨 소리 떡볶이엔 내가 세트지!
냄새를 풍기며 어묵이 한입만 먹어봐 맛있으면 0칼로리다?
빨리 분식집을 지나친다

찌개들이 머릿속에서 시비를 건다
부대찌개가 야, 어차피 너 다이어트 못해 날 먹어 ㅋ
고깃집 된장찌개가 어이 쫌팽이 ㅋ 나 맛있어 보이지 않아?
내가 평소에 싫어하는 김치찌개가 너 내가 얼마나 맛있는지 모르지 ㅋ

솔직히 내 잘못이 아니다
대한민국 음식들이 맛있는 거다
사람들이 너무 마른 거다

대한민국이 잘못했네
모두 뼈다귀처럼 걸어 다니라는 거야?

길 없는 길

이은유 1학년

학원을 갔다 오니 10시가 넘어있었다
자기 전에는 10분 정도 휴대폰을 들여다본다
자신의 꿈을 이루고 화려하게 사는 사람들로 가득하다
꿈을 못 이룬 사람은 찾을 수 없다
이젠 나와 또래인 연예인들도 나온다
그 친구들을 볼 때면 항상 드는 생각
나는 뭐 하고 있지?
좋아하는 것도 찾지 못하고
날마다 문제집만 푸는 나는
표지판 없는 도로를 달리는 것만 같다
나에게는 한 개 없는 표지판이
그 친구들에게는 저 멀리 멀리까지
단계별로 서 있는 것 같다
하지만 어쩌면 내 길은 아직 길이 아닐 수도
내가 만들어가는 이 길을 표지판이 따라올 수도

단짝

김예빈 1학년 4반

내 친구는 못 하는 게 없다
수학 시험도 100점, 체육이랑 음악도 A
예쁘고, 마르고, 도대체 안 가진 게 뭘까?
가까워지면 질수록 나는 점점 작아진다
한 발짝 두 발짝 멀어지면 괜찮아질까

야, 요즘 무슨 일 있어? 고민 있으면 말해. 우리가 몇 년 지긴데!
애는 내가 자기에게 가지고 있는 마음을 알까?
그럴수록 입을 열기 힘들어진다
아니 그냥 별 거 아니야
엥? 아닌데 별 거 있는데? 아 뭔데 말해봐
계속되는 닦달에 결국 마음 깊은 속 이야기를 꺼낸다
너랑 내가 너무 비교되는 것 같아서
넌 공부도 잘하고 마르고 예쁘잖아
친구의 큰 눈은 더 커졌다
뭐? 내가 무슨 공부를 잘 해?
너야말로 성격 좋아서 친구들한테 인기도 많고 반장도 됐잖아
솔직히 나도 너한테 열등감 느끼지
네가 나한테 열등감이 있다고?

완벽하기만 한 줄 알았던 친구
그림자 같던 나의 열등감
친구가 착한 마음을 꺼내 짝을 맞춰준다
열등감인줄 알았는데 동질감이었다

나의 첫 시

배수빈 2학년

시를 써야 한다
시간이 없다는 것을 나도 잘 안다
그래도 생각이 나지 않는다

다급한 초시계는 더 빨리 내게 다가오고 있다
조급함만 커가고 허공에 발길질하는 것 같다

머리가 아파온다
그래도 멈추지 않는다
돌이라도 걸릴까 봐

어, 작고 못생긴 돌이 발에 걸렸다
두통약 같다
내가 가장 아끼는 아이패드를 막 대하는 동생
기어이 떨어뜨려서 고장 낸 일
지금 생각해도 눈물이 나는 일

값어치 있는 몸이니 데려가세요
돌의 말을 믿기로 한다

표면을 다듬고
돋보일 수 있게 조각도 해준다

깊은 눈망울 같은 돌이 될 거야
찾기 힘들었을 뿐
빛을 감춘 원석
내게 와서 영롱해질 거야

순간, 따끔

김가은 1학년

드디어 귀 뚫는 날이다
내 가슴은 두근두근
하지만 내 다리는 후들후들하다
동그라미 세모 네모 별 하트
반짝반짝 귀걸이들
그러나 알고 보니
귀 뚫는 전용 귀걸이가 있었다

자 이제 뚫을게요
주먹을 꼬옥 쥐고 눈을 감았다
순간, '따끔' 했다
어라? 원래 이렇게 안 아픈가?
내 얼굴에는 미소가 가득 피어났다

반대쪽도 뚫고 나니
내 귀가 반짝반짝 너무 예뻤다
이렇게 안 아픈 줄 알았으면
진작에 뚫을 걸
폴짝폴짝 뛰며 귀걸이 가게를 나왔다

예전부터 원하던 일을 하니
정말 뿌듯하고 행복했다
겁이 났던 일을 용기내어 하니
속이 후련했다

나뭇가지의 춤

이다은 2학년

학교에서 하는 방송 댄스,
친구들도 모두 어려워하는 시간
배드민턴, 피구, 인기 있는 수업은
가위바위보로 다 떨어지고
하나 남은 댄스반
선택지 없는 선택

드디어 춤추는 시간
뻣뻣한 나뭇가지가 초라하게 추는 춤
따라와 주지 않는 몸
열심히 움직이며 진땀 빼는 나

새싹이 힘겹게 흙 위로 솟듯,
박자 타고 자연스럽게 웨이브도 하게 되고
안무 달달 외우며
끝까지 해보겠다는 몸치
노력하는 나뭇가지

거울을 깼다

류단비 2학년

하루는 글씨체가 멋진 과학 선생님을
하루는 웃는 모습이 예쁜 친구를 흉내낸다
거울 속에 있는 나, 아닌 나
거울이 묻는다
이게 진짜 너라고 생각해?

다른 사람들을 따라 하는 내 모습이
회전목마처럼 빙빙 돈다
엄마 옷 꺼내 입은 어린애 같다
엉성한 거울은 금이 가기 시작했고
내가 아니라는 것을 깨달은 순간
나는 거울을 깼다
엉성해도 괜찮다
괜찮다 이제는 나니까

내 꿈은 어디에

김지연 2학년

학교에 가면 친구들은 미래에 대해서
이야기를 하곤 한다
그럴 때마다 나는 모기만큼
한없이 작아지는 것 같다

한 번쯤 생각해 본다
내가 인형이 된 것 마냥
아무도 나의 꿈에 대해서 묻는 사람 없는 그런 삶

내가 좋아하는 것을 찾아
꿈을 정하고 싶지만
좋아하는 것이 뭔지 몰라서
아직도 내 마음은 갈팡질팡한다

머릿속에선 할 수 있을 것 같은데
항상 몸이 안 따라준다
머릿속은 지쳤는지
아무것도 하기 싫어한다

돈도 없고 머리도 나쁜 나는
정말 할 수 있는 게 없을까?

그냥 해봐야겠다
안되더라도, 시도하려는 마음을 가지면
될 거라고, 할 수 있을 거라고 믿는다

엔시티

김도희 2학년

보자마자 첫눈에 반했다
그는 무대 위에서 찬란히 빛나는 사람
무대 아래에서는 나의 개그맨
무슨 말을 해도, 어떤 행동을 해도 웃음이 난다
그가 복숭아같이 웃으면
나는 장사가 잘 되는 과일 장수처럼 행복해진다
그가 웃으면 나도 웃는다
그가 울면 나도 운다
보조개가 쏙 들어간 웃음없이 눈물을 흘리면 너무 슬퍼진다

그를 욕하는 사람이 있으면
내 마음에 번개가 번쩍
토르가 되어 망치를 휘두르고 싶다
그가 컴백할 때마다 앨범을 산다
그가 모르는 선물이지만 아깝지 않다
그에게 주는 선물은 나에게도 선물이니까
그는 나의 존재도 모르지만
그는 나의 종교이다

노래, 나의 꿈

이정현 2학년

밤이면 찾아오는 고요함
방을 가득 채우는 시계 소리
내게만 들리는 내 마음의 소리

놓고 싶다
더는 노래를 부르고 싶지 않다
그러면서도 놓고 싶지 않다고 외치는 소리
나의 진심 어린 소리

혼자 부르는 노래
늦게 시작한 노래
나의 재능에 의심을 가지고 참가한 대회
나는 나를 증명해냈고

포기할 수 없을 만큼의 사랑과
스스로 노력해서 얻은 결과를
아무 일도 없었다는 듯 지워버릴 수 없다
나는 나를 의심하지 않기로 했다

TO 시간

이시은 3학년

시간아, 두고 가면 안 될까?

나랑 함께 할 소중한 사람은 두고 가면
나의 여름 하늘 여기 머물게 하면 안 될까?
시간아 너는 내 열여섯 살을 아니?
시간표보단 급식표를 좋아하고
같이 떠드는 게 제일 좋고
수업보단 선생님 첫사랑 이야기가 더 재미있고
연필 잡는 것보단 치킨 닭 다리 잡는 게 더 행복한
나의 열여섯
두고 가면 안 될까?

꽃과 꿈

백서연 3학년

다른 아이들처럼 나도 꿈을 꾸고 싶었다
좋은 선생님
무대 위에서 춤추는 댄서
목표가 있는 그런 당당한 꿈들

수학 선생님께서 말씀하셨다
스승의 날 너에게 받았던 그 꽃은
하나가 지면 또다시 하나가 피어난다고
너도 포기하지 않으면 꼭 성공할 거라고
그날은 따뜻했다
꽃이 피어나기에도
꿈을 꾸기에도 좋은 날

그날 나는 꿈을 가졌다
내게 꿈꾸는 법을 가르쳐 주신
선생님처럼 되겠다고
재미있고 친근하지만 해야 할 일은 확실하게
제일 좋아하는 수업이 뭐냐, 물었을 때
체육이요!

아이들이 합창하는 그런 수업을 하고 싶다

간단한 준비 운동과
우리가 좋아하는 노래로 시작하는 수업
체육을 못해도 불편하지 않은 체육 수업
멋진 시범을 보여줄 수 있는 선생님
준비가 될 때까지 테스트를 미루어주고
기다려주며 부담을 덜어주는 체육 선생님
구석에 시들어 있는 아이들이
활짝 피어날 수 있게 도와주는 선생님
그런 선생님이 되는 꿈
나는 매일 꿈을 꾼다
빛이 가득한 그런 꿈을

소행성 B612

내 별엔 꽃이 있지 단 한 그루의 장미
바오밥나무 싹이 자라나고
아홉 번 의자를 옮기면
지는 해를 아홉 번 바라볼 수 있는
작은 행성

지구별은, 밀밭이 여우를 귀 기울이게 하고,
하늘이 쪽빛으로 물들고 사막을 별이 뒤덮는
광활한 푸른 별

황금빛 밀밭과 다정한 목소리와 천천한 발걸음
빗줄기 지나간 자리에 피어나는 사막꽃 같은 웃음들

그러나 내가 만난 그 별은
고요하지 않았어
한꺼번에 피어나고
순식간에 지는 꽃

차도 집도 옷도 너무 많았어

나의 별은
여전히 낡은 의자 하나
나를 아는 한 송이의 장미

여행에서 돌아온 아침
장미에게 아침 햇살을 부어주고
분화구를 청소해야겠다
의자의 먼지를 털고 앉아
계란과 빵을 먹어야지
그리고 바오밥나무 싹을 뽑아 줄 거야

천천히 지나가는 하루
의자를 옮겨 앉으면 보이는 푸른 별

지구별의 어느 맑은 눈과 마주치는

유쾌한 청소년 시인들을 위해

오철수 시인·평론가

이런 시를 읽었습니다.

"끝이 어딘지도 모르는/ 깊고 검은 어둠으로 번진/ 저 멀고 먼 우주에서 보면/ 우리는 작은 먼지일 뿐인데// 먼지치곤/ 너무 힘들게 산다"(이채은, 「먼지」)

가슴이 먹먹한 말입니다. 정말 이처럼 힘들게 살아야 하는 것이 맞나? 힘들게 하는 것이 무엇이지? 그런데 우리 삶이 힘들기만 한가? 어떻게 살아야 좋지?

이런 고민에 대해 기원전 '장자'라는 철학자는 다음처럼 말합니다.

"하늘은 푸르고 푸르다. 그런데 그 푸른색이 하늘의 본래 빛깔일까? 멀고 끝이 없어 그런 것은 아닐까? 그 멀고 먼 하늘에서 아래를 내려다보아도 또한 이와 같을 따름이다."(「소요유」) 그러니 이런저런 작은 생각들을 내세워 삶을 규격화하거나 몰아세우지 말고 좀 더 큰 자유를 가지라고 말입니다.

둘 다 비슷한 삶에 대한 고민입니다. 어떤 벗은 어린왕자처럼 아예 우주 어디의 한 행성에 자리를 잡고 "천천히 지나가는 하루/ 의자를 옮겨 앉으면 보이는 푸른 별// 지구별의 어느 맑은 눈과 마주치는"(이예송, 「소행성 B612」) 생각도 합니다.

대단합니다. 그리고 믿음직합니다. 이처럼 '맑은 눈'을 가진 벗들이 우정을 나누고 있으니 왜 이야기가 없을 것이며 시와 철학이 왜 없겠습니까.

조화의 원리를 배운다

1부에는 주로 가족들 이야기가 펼쳐집니다. 그중에서 눈에 확 들어오는 것을 한마디로 하면 '조화의 지혜'입니다. 아빠, 엄마, 오빠, 동생 사이를 엮어가는 조화의 원리가 여러분들의 지혜로 되어가는 게 보입니다. 워낙 조화의 힘이란 내가 힘이 세서 그 힘으로 균형을 만드는 것이 아니라 지혜로 합을 만들어 조화를 이루는 것입니다. "넌 나에게 행복을 주고/ 눈물도 같이 가져다주었어/ 너의 작은 손은 복숭앗빛이 돌았고/ 만지면 부서질까 애지중지했단다"(설지안, 「엄마가 딸에게」)의 그 아이가 이젠 가족이나 친구들 사이의 관계를 보살피며 조화를 만드는 아이로 되어갑니다.

그 아이가 엄마의 심기를 알아채고 아빠에게 긴급하게 전화를 합니다. "아빠…. 얼른 와/ 왜? 오늘 아빠 세미나하고 저녁 먹고 들어갈 거야//아빠, 정신 차려/ 오늘 결혼기념일이잖아// 멋쩍게 웃으며 장미꽃다발을 꺼내 드는 아빠/ 땀방울이 콧잔등에 송골송골 맺혀 있다/ 엄마 얼굴이 장미색으로 물든다/ 자기가 제일 좋아하는 꽃으로 골랐어// 척추부터 정수리까지 서늘해진다/ 엄마가 제일 좋아하는 꽃은/ 보라색 수국이다"(이시민, 「11월 20일」) 삶을 촘촘하게 하는 관계 돌봄입니다. 그래서 사소한 일 같지만 구성원 각자가 하나의 이름으로 생기롭게 통하는 조화를 만든 것입니다.

그 아이가 조화의 균형추 역할을 하기도 합니다. "드디어 8시를 마주했을 때/ 우리 가족은 모두 티브이 앞으로 달려간다// 신사와 아가씨가 결혼하는 걸 봐야 하는 할머니,/ 야구 방망이를 쥐고 홈런 칠 준비를 하는 아빠,/ 놀라운 예능을 봐야 하는 엄마,/ 그리고… 아직 해보지도 않은 사랑의 아픔을 티브이로 느껴보고 싶은 나// 리모컨은 아무것도 모른단 눈빛으로 우릴 쳐다보고 있다/ 고래 싸움에 새우 등 터지기 일보 직전인 것도 모르고// 그때,/ '나, 짱구 보고싶은뎅. 안돼?'/ 이럴 수가!/ 어린 왕의 등장이다."(전유하, 「쟁탈전」) 그 '어린 왕'의 바로 위가 '어린 왕'을 허용함으로써 생겨나는 조화입니다.

때론 동생의 장점을 인정하며 새로운 관계를 만들기도 합니다. "마냥 어리던 동생이/ 운동신경은 타고났다// 자존심을 내려놓은 끝에 따낸 코치님은/ 말끝마다 못하네, 저질 체력이네, 하며/ 10판 해도 한 판 이길까 말까 한 배드민턴/ 라켓을 들기만 하면 홈런을 치는 탁구/ 공 줍느라 허리가 더 아픈 저글링을/ 가르쳐 주었다// 며칠 코칭을 받다 보니 이상했다/ 동생은 짜증 한 마디 내지 않고/내가 체육은 즐길 수 있게 도와주었다// 어쩌면 꿈에 그리던 오빠가 생긴 걸지도 모르겠다"(최서윤, 「동생, 어쩌면 오빠?」) 힘의 경쟁 관계로만 대하는 남동생을 '관계의 누나로서 힘의 오빠로 인정'하는, 차이를 차이로 봄으로써 조화를 만드는 것입니다.

이렇게 조화의 원리는 관계를 돌보면서 각자의 역할을 살려 전체로는 생생한 활기가 돌게 하는 최고의 지혜입니다. 이것은 '맑은 눈'의 청소년 시인들만이 할 수 있는 자연스런 능력입니다.

차이의 아름다운 일치를 생각한다

조화를 이루려고 하는 사람은 자기와 똑같은 사람을 찾는 것이 아닙니다. 나와 다른 것에서 향기를 맡으며, 함께 할 때 생겨나는 질적인 풍요의 느낌을 좋아하는 사람입니다. 결국 자기를 사랑하는 사람만이 차이 나는 친구를 사랑할 수 있는 것입니다. 한 친구가 나와 같은 점이 별로 없는 데도 좋은 느낌이 드는 것은 차이의 일치가 만들어내는 좋은 감수작용입니다. 그래서 만나면 만날수록 풍요가 커집니다. 똑같은 친구들이 만나면 만날수록 형식화되는 것과는 완전히 다른 느낌입니다.

다음은 인디언 할아버지의 말입니다.

"인디언 창조 설화에서는 사람마다 여행할 길이 다르다고 말한다. 그 다른 여행길에서 자기만이 가진 선물을 나누어 갖는 것이야말로 가장 가치 있는 일이라고 설화는 가르치고 있다. 우리는 말한다. 신은 모두에게 특별한 선물을 주셨으며, 모든 사람이 다 특별하다고. 또한 모든 사람은 다른 사람에게 있어서 가장 특별한 선물이라고. 왜냐하면 사람마다 나누어 가질 특별한 어떤 것을 갖고 있기 때문이다."_느린거북(슬로우 터틀), 왐파노그 족

나를 사랑하기 때문에 나의 선물을 나누는 것이 그에게도 좋은 것입니다.

저는 다음 시를 읽으며 차이들의 아름다운 일치를 예감합니다.

내 친구는 못 하는 게 없다

수학 시험도 100점, 체육이랑 음악도 A

예쁘고, 마르고, 도대체 안 가진 게 뭘까?

가까워지면 질수록 나는 점점 작아진다

한 발짝 두 발짝 멀어지면 괜찮아질까

야, 요즘 무슨 일 있어? 고민 있으면 말해. 우리가 몇 년 지긴데!

얘는 내가 자기에게 가지고 있는 마음을 알까?

그럴수록 입을 열기 힘들어진다

아니 그냥 별거 아니야

엥? 아닌데 별거 있는데? 아 뭔데 말해봐

계속되는 닦달에 결국 마음 깊은 속 이야기를 꺼낸다

너랑 내가 너무 비교되는 것 같아서

넌 공부도 잘하고 마르고 예쁘잖아

친구의 큰 눈은 더 커졌다

뭐? 내가 무슨 공부를 잘해?

너야말로 성격 좋아서 친구들한테 인기도 많고 반장도 됐잖아

솔직히 나도 너한테 열등감 느끼지

네가 나한테 열등감이 있다고?

완벽하기만 한 줄 알았던 친구

그림자 같던 나의 열등감

친구가 착한 마음을 꺼내 짝을 맞춰준다

열등감인 줄 알았는데 동질감이었다

김예빈(1학년 4반), 「단짝」

　　인디언 할아버지의 말씀처럼 우리는 자기만의 선물을 가지고 저마다의 여행길을 가는 사람이며, 자기만이 가진 선물을 나누어 갖는 행위로 우애의 동행을 하는 것입니다. 예전에는 마을공동체도 '선물'로 이어지는 공동체였습니다. 그리고 우리의 교우관계도 선물로 이어집니다. 그 선물은 물질적으로 대단한 것이 아니라 관심으로 마음입니다. 친구의 얼굴만 봐도 "야, 요즘 무슨 일 있어? 고민 있으면 말해."라고 알아채고, 친구의 고민이 내게 들어올 수 있도록 내 마음을 비우고 활짝 여는 것이 가장 좋은 선물입니다.

물론 아직 낯설 때는 우산 살 돈으로 "그 애에게 주고 싶은 콘치즈 고로케/ 역시 치즈는 쭉 늘어나고 콘치즈는 달달하다/ 빵을 선택"(장서윤, 「장마」)하기도 하고, "너랑 친해지고 싶다, 새콤달콤 좋아하냐/ 이것저것 물어봤다/ 친구 주려고 편의점에서 2+1 하는 새콤달콤을"(김윤아, 「새콤달콤」) 사기도 합니다. 그것을 매개로 있는 그대로의 내 마음을 선물로 나누고 싶은 것입니다. 그렇게 자신을 선물로 나눌 때 우린 다르면서도 함께 하는 벗, "단짝"이 됩니다. 서로에게 갖는 열등감이 서로를 받아들일 수 있는 빈터가 된다면 얼마나 좋겠습니까. 그럴 리야 없겠지만 정말 완벽한 아이가 있어 그 아이가 그 완벽함을 자신의 열등감으로 빈터처럼 내놓을 수 있다면 얼마나 좋겠습니까. 왜냐하면 저마다의 여행길에서는 자기의 선물을 나눌 수 있는 관계가 더 중요한 전제이기 때문입니다. "모든 사람은 다른 사람에게 있어서 가장 특별한 선물"입니다.

이렇게 조화를 원하는 우리는 다르지만 달라서 풍요롭고 아름다운 일치를 추구합니다. 그러기 위해 꼭 필요한 마음이 서로에게 관심을 갖는 것입니다. "엄마랑 외삼촌은 어떻게 살고 싶으셨을까?/ 꿈이 별거냐며 엄마는 이룬 게 더 많다고 하셨다/ 두 사람의 꿈을 나는 잘 모른다/ 외가에 가면 우리 편이 사는 것 같다/ 잘 안 풀려도 서로를 자꾸 바라보는/ 한편으로 살고 싶다"(권평강, 「한편」)와 같은 마음!

성급하지 않게 길 찾기

생명은 존재하는 것 자체가 관계적입니다. 관계에 의해 존재합니다. 그렇기에 '나' 중심에서 '관계' 중심으로 마음이 조금만 이동하면 되는 것이고, 관계를 돌볼 수 있는 마음이 있다면 나는 나의 소중한 무엇인가를 나누고 있는 것입니다. 이때 나눠지는 것이 보편적 말로는 생명적 관심입니다. 생명적 관심은 생명을 더 안전한 생명이 되도록 하고 더 활기찬 생명이 되도록 하는 생명적 본능에 의합니다. 여러분이 어떤 친구와 교우관계를 맺을 때도 그의 활기찬 생명과 안전을 바라는 것은 기본이지요?

그러니 그 영역은 엄청나게 넓을 것입니다. 하지만 시작은 하나같이 '관심'입니다. 코로나 감염병 방역 조치로 하여 친구들도 제대로 만날 수 없던 힘든 시기를 보낸 여러분들이니 더욱 '관심'이 얼마나 중요한지 알 겁니다. "중학교 1학년, 6월/ 태어나 처음 보는 사람들과 한 반에서 수업을 듣는다/ 쉬는 시간 혼자 시간을 보낸다/ 집에 돌아와 혼자 방에 앉아 기도한다/ 한 명이라도 좋으니 제발 친구를 만들게 해주세요/ 내 기도를 들었는지 친구가 생겼다"(임지연, 「친구」) 비록 특별한 상황이었기는 하지만 그 기간을 통해 우리에게 친구가 얼마나 귀한지를 알게 되는 기간이었을 겁니다. "너무 걱정하지 마. 내가 곁에 있어"라고 말할 수 있는 관계라는 것!

우리는 그 가운데서 자기를 갖게 됩니다. 나란 외부에서 들어

온 모든 것에 의해 나입니다. 그렇기에 나를 둘러싼 모든 것과 함께 하면서 차이의 나에게로 가는 길을 열어야 합니다. 그리고 그 길을 갈 때는 큰 흐름을 따라가며 힘을 만들고 비축하여 '튕겨 나갈 수 있게(이런 걸 철학에서는 '탈주선'이라고 함)' 되어야 합니다. 나는 너희들과 다르다는 것만 주장하면 힘도 관계도 만들 수 없습니다. 공부만 하라고 하는 학교라고 투덜거리지 말고 그 큰 흐름을 따라가며 자기가 잘 할 수 있는 자기만의 차이를 만들어가야 합니다. 성급하지 않게!

> 학원을 갔다 오니 10시가 넘어있었다
> 자기 전에는 10분 정도 휴대폰을 들여다본다
> 자신의 꿈을 이루고 화려하게 사는 사람들로 가득하다
> 꿈을 못 이룬 사람은 찾을 수 없다
> 이젠 나와 또래인 연예인들도 나온다
> 그 친구들을 볼 때면 항상 드는 생각
> 나는 뭐 하고 있지?
> 좋아하는 것도 찾지 못하고
> 날마다 문제집만 푸는 나는
> 표지판 없는 도로를 달리는 것만 같다
> 나에게는 한 개 없는 표지판이
> 그 친구들에게는 저 멀리 멀리까지
> 단계별로 서 있는 것 같다

하지만 어쩌면 내 길은 아직 길이 아닐 수도

내가 만들어가는 이 길을 표지판이 따라올 수도

이은유, 「길 없는 길」

"좋아하는 것도 찾지 못하고/ 날마다 문제집만 푸는 나"이지만 걱정할 필요 없습니다. 더 많은 문제를 풀어야 마음에 드는 좋은 것이 찾아질 수도 있습니다. 큰 항아리는 물을 채울 때 시간이 걸립니다. 그러니 초조해하거나 성급할 필요는 없습니다. 왜냐면 "어쩌면 내 길은 아직 길이 아닐 수도/ 내가 만들어가는 이 길을 표지판이 따라올 수도" 있기 때문입니다. 이 시처럼 미결정성은 새로움을 낳는 힘임을 청소년 시인들은 알고 있습니다. 이런 자기 믿음 역시 관계를 잘 이해하는 것에서 만들어지는 것입니다. 관계적 가능성을 자기화하는 것이 무리지어 함께 살아가는 존재의 현실감각입니다.

좋아하는 것이 생겨서 여행을 시작할 때 우리는 비로소 그에 필요한 장비를 특정할 수 있습니다. 지금 "나는 모른다/ 내가 무슨 책을 좋아하는지/ 어떤 드라마를 좋아하는지/ 내가 진짜 좋아하는 음식/ 싫어하는 음식이 뭔지"(김나경, 「내가 아는 나」) 모르지만 여행이 시작되면 그에 맞는 책과 이야기와 음식을 찾게 될 것입니다. 그 또한 여행이라는 현실에서 만들어지는 관계적 느낌과 생각입니다. 앞서 든 인디언 할아버지의 말을 다시 한번 더 새깁니다. "우리는 말한다. 신은 모두에게 특별한 선물을 주셨으며,

모든 사람이 다 특별하다고. 또한 모든 사람은 다른 사람에게 있어서 가장 특별한 선물이라고. 왜냐하면 사람마다 나누어 가질 특별한 어떤 것을 갖고 있기 때문이다." 바로 그 여행길, 청소년 시인들은 조화롭게 함께 하며 차이 나는 나만의 길을 찾아갑니다.

그 길에서 우리는 이미 선물입니다. 생명의 세계에 차이의 존재로 왔다는 것이 선물이고, '모든 사람은 다른 사람에게 있어서 가장 특별한 선물'로서의 삶을 이미 시작했고 그 길을 간다는 점에서 이 세계에 선물을 선사하는 존재입니다.

그런 청소년 시인의 눈이 이웃을 보고 있어 좋습니다.

"빛나는 은갈치보다/ 손질하고 있는 아줌마의 손이/ 눈에 더 들어왔다// 오래된 라면처럼 불어있는 손/ 짧은 손톱 뭉툭한 손가락/ 그곳에서 뛰어나오는/ 명쾌한 도마소리/ 딱. 딱. 딱. 딱. 쓱/ 빛나는 제주도의 시장"(오다빈, 「동문시장」)

그런 청소년 시인의 마음이 자신을 읽고 있어 좋습니다.

"어쩌면 이미 조금씩 사라지고 있는 나와/ 교과서 위로 떠도는 먼지투성이의 손./ 시험지에 내리는 오답들,/ 해설지의 풀이처럼 살기 위해 내쉬는 이산화 탄소,/ 나를 온전히 사랑하지 못하는 가물은 마음// 내 방 안의 모든 유해 물질을 먹으면/ 스칸디아모스만 남는 것이다"(이시민, 「스칸디아모스만 남는 것이다」)

그런 청소년 시인의 발걸음이 내일을 향하고 있어 좋습니다.

"보이네, 보여/ 내가 보여/ 끝까지 달려나가면 될 수 있어/ 댄스, 꿈을 이룰 수 있어"(정신영, 「보이네, 보여」)

그런 청소년 시인의 웃음소리가 들려 저도 웃습니다.

"버스 안에서 우리는/ 앞쪽 뒤쪽으로 왔다, 갔다/ 미역처럼 춤을 추기 시작한다/ 다리에 힘이 풀려/ 넘어지려 할 때면/ 서로를 붙잡고서는/ 깔깔깔"(이솔해, 「신입생」)

이런 아이들에게 관심 가져 주시는 학교와 시를 가르쳐 주시는 선생님들께 고맙습니다. 그리고 작품집 발간을 여러분들과 함께 기뻐합니다.

한 덩어리처럼 보이던 아이들이
각자의 빛을 내며 다가옵니다.

미국의 작가이자 평론가였던 윌리엄 윈터(William Winter)는 인간의 자기표현 욕구를 강조했습니다. 우리는 모두 내면의 이야기를 자유롭게 표현하고 싶어 한다는 이야기지요. 다만 표현의 다양성보다는 가치를 따지는 사회적 분위기에 억눌려, 내면의 이야기를 모른 척하거나 외면할 뿐이지요. 우리 아이들도 점점 성장할수록, 사회에 잘 적응할수록 오히려 마음에 품은 이야기를 감추고 숨기려 합니다. 그러다가 작은 병에 갇혀 높이 뛰는 법을 잊은 벼룩처럼, 정말 필요할 때조차 머뭇거리게 될까 걱정스럽기도 했습니다.

걱정보다는 노력하는 교사가 되자는 마음으로, 아이들이 저마다의 애착 인형을 붙잡고 고민을 이야기하듯, 자신을 자유롭게 표현할 수 있는 수업을 계획하던 중이었습니다. 칸막이를 넘어 한 학생이 스프링으로 감긴 노트를 수줍게 내밀었습니다.

"선생님! '우리는 같은 버스를 타고 집에 간다.'를 어떻게 글로 보여줘야 해요?"

　낯선 질문을 받았을 때 눈앞이 뿌옇게 변했습니다. 누군가 안경에 콧김을 내뿜은 것일까요? 눈에 힘을 주고 잠시 고민했습니다.

　"누군가 너의 시를 읽었을 때 버스 타는 풍경이 떠오르게 표현해보겠니? 예를 들면 '창밖을 바라보니 같은 시간에 같은 옷을 입은 아이들이 우르르 몰려온다.'처럼."

　아이는 잠시 눈빛이 흐려지다 이윽고, "아하! 감사합니다." 우렁찬 외침과 '텁-드르륵-드륵' 둔탁한 소리를 내며 밖으로 나섰습니다. 이렇듯 고민에 고민을 넘으며 시집을 채워나가는 아이들을 보고, 제 걱정은 기우였음을 깨닫게 되었습니다.

　나아가 매일 같은 시간에 초록색·보라색·남색 옷을 입고 운동장에 늘어선 나무 아래를 걸어오는 아이들, 번호가 박힌 상자에 신발을 넣고 시작하는, 평온하다 못해 따분한 하루를 보내는 아이들을 보며 학교에서 어떤 재미를 찾을 수 있을까 안타까워했던 것조차, 오미자를 우려낸 차를 마시듯 일상을 맛깔나게 시로 우려낸 아이들을 보며 제 편견이었음을 인정할 수밖에 없었습니다.

　"아이들은 감추고, 어른들은 모르는, 이곳은 바로 학교다."

　드라마의 내레이션이 떠오릅니다. 아이들은 들키기는 싫지만, 알아주길 바라는 속마음을 구름에 달 감추듯 숨기고 살아갑니다. 친해지기 위해 관심을 가지면 감추고, 부담스러워하는 것 같아 관심을 덜 쓰면 금방 서운해합니다. 어떻게 해야 할까요? 저는 이 시집에 답이 있다고 생각합니다. 눈이 마음의 창이라면 시는 마음 그 자체인 것 같습니다. 그동안 아이들이 구름 속에 꼭꼭 숨긴 속마음을 자세히 살펴보고 품어주는 시간이 되었으면 합니다. 그리고 숨겨왔던 달이 무엇을 환히 비추고 있는지 알아보는 기회가 되었으면 좋겠습니다. 어리지만 어리지 않은 아이들의 이야기, 아름다운 꽃잎이 지면 또 다른 잎에서 꽃을 피워 내어 아름다움을 이어가듯 작은 실수와 실패에 주저앉지 않고 성장해나가는 이야기를 봄날의 햇살 같은 시선으로 바라봐주시면 고맙겠습니다.

국어 김견호 선생님

아이들의 시는 언제 읽어도 눈물겹다. 한 편, 한 편 읽어 나가기가 아쉬울 정도다. 읽는 이로 하여금 한없이 미소 짓게 하고, 박장대소하게도 하고, 눈시울 붉어지도록 가슴 먹먹하게 만들기도 한다. '미래'라는 화두로 온 세상이 시끌벅적한 가운데서도 아이들은 참 맑고 깨끗하다. 그리고 치열하게 자기 자신과 주변을 살피며, 삶이 영글어간다.

이 책에서 소녀 작가들은 '어쩌면 내 길은 아직 길이 아닐 수도' 있다고, '엉성해도 괜찮다 괜찮다. 이제는 나니까'라며 스스로 다독이고 있다. 그러면서 새콤달콤한 가족, 친구들과 '한편으로 살고 싶다.'라고 이야기한다. 때로는 '연필 잡는 것보단 치킨 닭 다리 잡는 게 더 행복한 나의 열여섯 두고 가면 안 될까?'라며 서슴 없이 당돌하게 자신의 이야기를 들려준다. 열넷, 열다섯, 열여섯 소녀의 노래를 눈이 부신 시월의 하늘에 담아 함께 만끽해 보면 어떨까. 영혼이 빛나는 순간을 여러분께 선사할 것이다.

국어 박지은 선생님

"빨리 좀 하자. 엄마 늦었어!"

졸음에 취해 눈을 비비적거리는 아이들에게 부탁 같은 명령을 하고, 옷도 제대로 걸치지 못한 아이들을 양어깨에 매달고 난 오늘도 달린다. 어린이집을 거쳐 학교로, 주차장을 거쳐 교무실에 도착하는 순간 울려 퍼지는 수업 종소리. 이렇게 나의 하루는 시작된다.

숨 가쁘게 지나가는 날들 속에서 잊고 있었다. 나의 삶에 대해, 주변에 대해, 그리고 나에 대해. 어느 날 우연히 보게 된 아이들의 시. 놀라웠다. 까마득히 두고 온 이야기였다. 맞아, 나도 어렸을 때 오빠랑 엄청 싸웠지. 풉! 나도 학창 시절 친구들이랑 장난을 많이 쳤었어. 그래, 나도 저런 꿈을 꾸고 살았었어.

시를 쓴 학생들은 다 달랐지만, 모두 다 나의 이야기 같았다. 지극히 평범한 일상이어서 잊고 지냈던 나의 어린 시절을 아이들의 시를 통해 마음속으로 그려보니 또 다르게 느껴졌다. 때 묻지 않은 눈으로 바로 본 그대로의 일상, 그 속에서 의미를 찾아내는 엉뚱하면서도 날카로운 시선. 평범해 보이지만 특별한, 별것 없어 보이지만 별것 있는 소녀들의 이야기. 그리고 나의 이야기, 우리들의 이야기. 오늘도 나는 4시 30분을 알리는 시계 소리와 함께 숨 가쁘게 어린이집으로 달려가겠지만, 토깽이같은 아이들과 보내는 바쁜 하루 속에서 사랑을, 행복을, 감사함을 되새김질해보고자 한다.

국어 조윤아 선생님

해마다 국어 수업의 첫 시작은 시 작품으로 문을 엽니다. 학기 초 아이들과의 어색함, 낯섦의 시간을 허물어뜨리는 가장 빠른 방법이 바로 '시'라는 매개체이기 때문입니다. 시를 만나면 수줍어 입을 꾹 다물고 있던 아이들도 반짝이는 눈빛으로 화답하기도 하고, 용기를 내어 자신의 이야기를 꺼내기도 합니다. 같은 시를 만나도 아이들 저마다의 사연들이 줄줄이 사탕처럼 이어지고 엮어집니다. 시를 통해 아이들을 봅니다. 아이들이 쓴 시를 읽으면 하나의 덩어리처럼 보이던 아이들이 각자의 빛을 내며 다가옵니다. 시시콜콜한 일상부터 마음속 깊이 숨겨두었던 내면의 이야기까지 아낌없이 나누어주는 그 시간이 참으로 행복하고 국어 교사만이 누릴 수 있는 특권이라는 생각에 짜릿함을 느낍니다,

이 시집 안에는 아이들의 삶이 고스란히 묻어있습니다. 무심한 듯하지만 그 누구보다 가족을 사랑하는 따뜻한 시선, 아무에게도 내어놓지 못했던 가슴 뭉클한 가족의 이야기, 미로처럼 끝이 보이지 않는 삶 속에서 방황하고 좌절하는 자신의 모습, 나 자신만큼 소중한 친구라는 존재, 어느 하나 소중하지 않은 이야기가 없습니다. 조잘조잘 수다 떨 듯 한마디 한마디 읊조리는 아이들의 모습이 사랑스럽습니다.

우리 아이들이 시를 자주, 많이 썼으면 좋겠습니다. 시를 쓰면서 삶을 위로받기도 하고 세상을 새로운 눈으로 바라보며 더 나은 내일을 꿈꿀 테니까요. 이 시집에 담긴 소중한 아이들의 이야기가 힘들고 지칠 때 누군가에겐 따뜻한 위로가 되기를, 앞으로 나아가지 못하고 주저하고 있는 이들에겐 용기가 되기를 기대합니다.

국어 최연수 선생님

"우리 시 쓰면서 기다릴까?"

교실 옆을 지나가다 우연히 최은숙 선생님을 기다리는 아이들의 대화를 들었습니다. 이제 막 교복이 익숙해진 14살 아이들의 수준 높은 대화가 놀랍고 기특하게 느껴졌습니다. 그리곤 조용히 앉아 노트에 끄적끄적 적어가길 시작합니다. 아이들은 자신이 살아온 10여 년간의 삶을 시로 표현하려 애쓰는 과정을 분명 즐기고 있었습니다. 문학을 즐기며 시를 쓰고 또 시집에 시가 실리는 그 귀한 경험은 아이들의 삶에 빛나는 감동이 되고 어쩌면 한 아이의 인생이 바뀔 수도 있겠다고 생각합니다.

이 시집에는 14살, 15살, 16살 아이들의 순수함이 담겨있습니다. 이 안에서는 해답을 찾을 일도, 맞고 틀리고를 판단할 일도 없습니다. 시를 읽으면서 그저 한 아이의 생각을 이해하게 되었고, 예상하지 못한 위로를 받기도 했으며 나와 닮은 어린 시절을 찾는 즐거움도 있었습니다. 이 시를 읽는 독자들도 색다른 감동과 따스함을 느끼길 바랍니다.

사서 최윤희 선생님